JN319861

PSYCHO-PASS サイコパス/0

名前のない怪物

高羽 彩

角川文庫
18776

目次

「俺は、女好きが高じて潜在犯落ちした男だぞ」

これが、執行官・佐々山光留の口癖だった。

第一章　むかしばなしをはじめようか

1

深夜、巨大なファンがうなりをあげる公安局刑事課一係の刑事部屋で、監視官狡噛《こうがみ》慎也《しんや》と執行官佐々《さ さ》山光留《やまみつる》は睨《にら》み合っていた。いや、正確に言えば狡噛だけが佐々山を睨んでいた。

「おい、」

我ながら情けない声が出たもんだ……、狡噛は心の中で独りごちる。力ない発声はすぐさま巨大ファンに絡め取られ、目の前の佐々山に届くことはない。

「お前のやっていることは重大な職務規定違反だぞ」

自分の発した言葉がそばから霧散し、排気ダクトの彼方《かなた》へ吸い込まれていくようだ。むなしさに嘆息し天井を仰ぐ。

こんなやりとりを、今までもう何回しただろう。

怒りはあるのにその感情すら形骸《けいがい》化していて、自分でも妙に白々しいと思う。平面的な蛍光灯の明かりが、この茶番を演出する優秀な小道具のようだ。

執行官を監視し職務遂行のため使役するのが監視官の務めである。

公安局入局当初、新人研修施設で狡噛はたしかにそう教わった。教わったのだが……。

今目の前にいるこの男が、狡噛の指示通りに任務を遂行したことは一度もない。いや、一度くらいはあったのかも知れないが、ほぼない。狡噛が理想と現実のギャップに頭を抱え続けて、すでに五年半が経過しようとしていた。

狡噛は、『佐々山光留に執行官の適性有り』としたシビュラシステムの神託を少しばかり恨めしく思い、本日何度目かのため息をつく。

『シビュラシステム』――厚生省が管轄する包括的生涯福祉支援システムの名である。

人間の精神的形質を数値化することにより、各個人に最良の社会福祉を提供するための巨大演算機構。心理状態、性格的傾向、趣味嗜好《しこう》、職業適性など、あらゆる精神的特質がシビュラの前につまびらかにされ、人間は自ら求めることなく最適な職、最適な住環境、最適な人間関係、最適な生涯を得ることができるようになった。

人生の選択に付随する苦悩はもはや古典的創作の中にしか存在せず、

『成しうる者が為《な》すべきを為す。これこそシビュラが人類にもたらした恩寵《おんちょう》である』

というたい文句が示すとおり、シビュラの司《つかさど》る世界においては誰もが何らかの適性を持ち社会構成に必要とされる、欠くべからざるピースなのである。

もちろん、今狡噛の目の前で大あくびをかいているこの男であっても。

「とりあえず、まー、狡噛。お前髪の毛拭《ふ》けば？」

狡噛の煩悶《はんもん》はどこ吹く風、佐々山は能天気に切り返すとフェイスタオルを差し出した。

雨の多いこの街では、出先で不意に降られることが少なくない。今夜も任務のため繰り出した先でにわかに降られ、狡噛の黒髪はくったりと質量を増していた。

佐々山の思わぬ気遣いに目をやる。叱責《しっせき》中の気まずさを悟られぬよう小さくうなずきタオルに手を伸ばしたが、その手はすぐに静止した。

差し出されたタオルはくたびれくすみ見るからに臭気を放ち、滲《にじ》んだ文字で「大山《おおやま》温泉スパランド」と印字されている。

「佐々山、お前そのタオルどうした……」

誕生以降、精神形質測定の精度を上げ続けたシビュラはついに個人が今後犯罪を犯すであろう予測値『犯罪係数』までをも解析することを可能にした。これにより、高い犯罪係数を保持するものは潜在犯として社会から隔離され、全ての罪は犯される前になきものとされる。

潜在犯の中にはしかるべき治療を受けて社会復帰するものもいるが、犯罪係数が一定以上を超え医学的措置が不可能と判断されたものは、矯正施設でその一生を終える。そんな矯正施設送りの潜在犯の中から、シビュラに適性を判断されたものが、執行官となり厳重な監視のもと社会的奉仕活動に従事するのである。

そんな執行官には日用品一つ自由に購入する権利がない。もちろん、余暇を温泉で過ごすこともできるはずがない。その執行官が温泉施設名の印字されたタオルを手にしていることの違和感。問い詰めたところでろくな答えは返ってこないだろうと思いつつも、狡噛は質問した。『執行官を監視する』という職務に対する誠実さの現れ、というよりも、五年間佐々山と職場をともにしたことで身についてしまった反射神経がそうさせたのだ。

「さっき拾ったんだよ、扇島《おうぎじま》で。道に落ちてたからさ」

予想通りのろくでもない答えに、深くため息をつきうなだれる。狡噛の前髪から水滴が一粒二粒したたって、刑事部屋の無機質な床に滲んでいった。

「ああほら、濡《ぬ》れてんじゃねーか！　使えよほら」

「いらん！」

「あそー」

それなりに激しい拒絶を示したにも拘《かか》わらず、佐々山は傷ついたそぶり一つ見せず拾得物のタオルで自分の頭をガシガシと拭き始める。激しくかき回される佐々山の短髪から水滴が飛沫《ひまつ》して狡噛の頬を濡らし、それが余計に彼の心を波立たせる。

「任務中にそうなんでもものを拾うな！」

「じゃあいつ拾うわけ？　非番中に？　クソ殺風景な官舎の中で？　なんかいいもの落ちてるわけぇ？」

「そういう問題じゃなくて……！　任務中に勝手なことをするなと言ってるんだ！　そもそも――」

そもそも任務以前の常識的な問題。

「汚いだろお前、廃棄区画の道に落ちてたタオルでよくそう豪快に頭を拭けるな！」

狡噛の脳裏に今夜訪れた国内最大の廃棄区画――扇島の光景がよぎる。

日本にまだ海外貿易という概念が存在し、主要エネルギーが石油だった頃、そこは様々な私企業の工場が建ち並ぶ一大工業地帯であった。しかし時代の変遷とともに海外貿易が廃れ日本国民の人口も最盛期の十分の一ほどに減少し巨大生産レーンの需要が減少した今は、その本来の役目を終え、公式には無人の巨大廃棄区画となった。公式には、というのはつまり実際には人が住んでいるということだ。いつの時代も秘密の場所を見つけるのが上手《うま》い人種というものがある一定度は存在するようで、現在はシビュラシステムと馴染《なじ》まない後ろ暗い人々の吹きだまりとなっている。

東京湾に横たわる、巨大な怪物の影。

不潔で、暗い、社会を拒絶した人々の終着駅。

住人たちの手によって違法に増改築を繰り返された工場群はもはや原形をとどめず、鉄の建造物からはダクトが無数に触手を伸ばし、あるところでは断ち切れ、あるところではまた別の建造物と結びつき幾重にも重なり、有機的な陰影を湛《たた》えている。

古い油がほこりと混ざり合い、黒く、そこかしこにこびりつき、どこから流れ込んでくるのか、奇妙な色をした汚水には痩《や》せ細ったネズミの死体が浮かぶ。

足下には吐瀉《としゃ》物にまみれた浮浪者が横たわる。

思い出すだけで臭気が鼻腔《びこう》をつきそうなあの場所。

あそこに落ちていたタオルで頭を拭いているのかこの男は。さらに言えば、悪びれる様子一切なく貸そうとした俺に。水分を含んだ頭がさらに重くなる。やはり潜在犯は度し難い。

「別に汚くねーけど。臭わないし。ほれっ」

と鼻先にタオルを突きつけてきたので思わずのけぞって小さく声をあげると、その様子がツボにはまったのか、けたけたと笑っている。

能天気な笑い声が、狡噛の膨れ上がった怒りを爆発させた。

そばにあった適当な机を叩《たた》きつけながら声を荒げる。

「今夜のお前の勤務態度について、始末書の提出を命じる！」

「えー!!」

「お前自分が何をしたかわかってるのか?!」

「社会奉仕活動？」

ハンッ！　と大げさに鼻を鳴らしてみせてから、狡噛は我ながらちょっと芝居がかりすぎたかと思う。

「聞いて呆《あき》れる。明らかにイリーガルな数値を叩き出した潜在犯を取り逃しておいて奉仕だ？」

「女を撃つのは趣味じゃねー。俺は――」

佐々山の声にすかさずかぶせて言う。

「俺は女好きが高じて潜在犯落ちした男だぞ、だろ？　聞き飽きた」

長らくアンタッチャブルな存在だった廃棄区画だが、近年解体の気運が高まっている。扇島もその例外ではなく解体作業が進められていたのだが、今夜解体業者と住民たちとの間に小規模な衝突が起こった。

事態沈静の命を受け現場に向かった狡噛たちだったが、佐々山は現場の潜在犯たちに逃亡を促したのだ。しかも女性潜在犯のみ。

佐々山はオフィスチェアの背もたれに大きく上体を投げ出しクルリと回転すると、いたずら心を湛えた瞳《ひとみ》を狡噛へ向けぺろりと舌を出して見せた。

「だってよー」

今度は勢いよく上体を起こし反論する。

「だいたいなんで今更扇島解体なんだよ。あそこはもう何十年も政府になかったことにされてるとこじゃねぇか。おかげで俺達がさばききれない潜在犯も、ある意味監禁状態。あそこにいるぶんにゃ害もねぇ。しょうみな話、公安も扇島には助けられてんだろ？」

たしかに、慢性的な人手不足に苦しむ公安局にとって、各所に点在する廃棄区画はあえて触れる必要のない藪《やぶ》。そこで何が起きようと職務範囲外、公安局含め行政が廃棄区画に対してそういう扱いをしてきたのは事実である。

「それをわざわざ引っかき回してあそこにいる連中一網打尽にしたところで、そんだけのキャパ引き受けられる矯正施設なんてあんのかよ」

佐々山は粗暴ではあるが、無知でも、バカでもない。すれた視線の奥には知性が煌《きら》めいていることを、狡噛はよく知っていた。

佐々山のまっとうな切り返しにたじろぎながらも何とか二の句を継ぐ。

「そんなこと……お前や俺が考える必要はない。潜在犯とわかってる人間を見逃す、その行為が問題だと言ってるんだ。お前は潜在犯が更生して社会復帰する権利を奪ってるようなものなんだぞ」

「更生して社会復帰、ねぇ……さすが公安局のエリートは崇高な理念をお持ちだ」

佐々山は白けたように一息つくと、スーツの胸ポケットからつぶれたタバコを取り出し火をつけた。

「吸う？」

「俺はタバコは吸わん。何度言ったらわかるんだ」

「そーでしたそーでした」

はき出された紫煙が、なに気にすることも無しといった風情で二人の間を漂う。

軽度の潜在犯ならばサイコ＝パスの治療は可能だが、ある程度まで数値が悪化してしまえば更生はほぼ不可能である。そうなれば潜在犯は矯正施設で拘禁されたまま一生を終えるか、執行官のように厳重な管理のもと社会奉仕活動を続けるしかない。

どんなに崇高な人権理念を掲げようと、潜在犯の行く末というものはそういうものなのだ。俺は知っているぞ、潜在犯の俺は……と佐々山の沈黙が語る。

紫煙がファンに勢いよく吸い込まれていく。

2

「ねえ、用がないならもう帰っていーい？」

睨《にら》み合う二人の男の間で視線を行きつ戻りつさせながら、桐野《きりの》瞳子《とうこ》は声をあげた。

寒い。

目の前にいる男達は、制服のプリーツから雨露したたらせる自分に対して、ホットドリンク一つ、タオル一つ差し出さずに、口論を続けている。ただでさえ一一月の寒風にさらされ冷えていた瞳子の身体が、男達の寒々とした空気に当てられ余計に冷えるようだ。

「ていうか寒いんだけど。空調もっと温度上がらないの？」

瞳子は今年一六になるが、生まれてこの方こんなぞんざいな扱いを受けたことがない。

幼少時から私立の名門桜霜《おうそう》学園に所属し、深窓の令嬢達に囲まれながら蝶《ちょう》よ花よと育てられてきたのである。たとえ学園の外であっても、ある種のシンボルであるセーラーカラーの制服を身にまとっているときは、一定の敬意を持って扱われてきた。

それが今はどうだ。

古式ゆかしいセーラー服も自慢の豊かな黒髪も、水を含んでみすぼらしく身体に張り付き、厳格な父親が見たらその場で泣き崩れそうな惨状であるにも拘わらず、大の大人が二人してフォローを入れるそぶりもない。

我慢の限界だった。精神的にも、体力的にも。

気色ばむ瞳子の様子に気づいたのか、短髪の男が先ほどまでとは打って変わった人なつこい笑顔で振り向いて言った。

「おーわりぃな！　ほうっておいて。こいつの頭が固くてさ」

くわえタバコであごをしゃくらせながら、もう一人の黒髪の男を指す。

先ほどからの会話を見るに、黒髪は短髪の上司のようだが、短髪に黒髪を恐れ敬うようなそぶりは微塵《みじん》もない。

瞳子が二人の関係を訝《いぶか》しんでいると、その視線に気づいたのか黒髪はばつが悪そうに肩をすくめた。

「すまない。すぐ部屋の温度を上げさせよう。ついでに身体を拭《ふ》くものも持ってこさせる」

そう言うと黒髪は背を向け、腕につけた端末に話しかけ始めた。「タオル二枚……」と自分の分も取り寄せているようだ。

公官庁の職員にのみ支給されるという特殊なホロデバイス。一般に支給されているものとは違う仕様になっているらしいという噂が本当なのかどうか、沸き上がる好奇心にあらがうことなく身を乗り出して覗《のぞ》き込もうとする瞳子の視界に、短髪が無遠慮に割り込んできた。

「かわいいねー。その制服、桜霜学園のだろ？　すっげーお嬢様学校の」

躊躇《ちゅうちょ》ない距離の詰め方に驚くより、視界を遮られたことの不快感が勝って至近距離でにらみ返すと、短髪は目を丸くしてからくしゃりと笑った。

「なかなか活《い》きのいいお嬢様だ」

そう言うと満足げにタバコに吸い付き、ぷくぷくと煙をはき出す。

タバコなんて前時代の遺物をいまだに嗜《し》好《こう》している人間がいるなんて。好奇心に忠実な瞳子の丸い目が、今度はタバコに釘《くぎ》付《づ》けになる。

「ん？　なんだ、珍しいのか。吸う？」

くしゃくしゃにひしゃげたパッケージを差し出す短髪の頭部に、黒髪の平手が打ち込まれる。

「今君の学校に連絡したから、ここで迎えが来るのを待っててくれ」

黒髪のその言葉に自分の身体が余計に冷える思いがして、瞳子は小さく身震いした。

その様子に黒髪が問いかける。

「まだ寒いか？」

寒い。

ヒステリックな女教師の青筋だった表情が思い浮かんでなお寒い。涸《か》れた砂漠のようにひび割れた顔を引きつらせて、こう言うに決まってる。「瞳子さんまたあなたなの?!」

「別に……一人でも帰れるのに」

「未成年をこんな時間に放り出すわけにいかないだろ。廃棄区画で補導されたようなヤツならなおさらだ」

口を尖《とが》らせてむくれる瞳子に、黒髪が釘を刺す。

「深夜に廃棄区画を徘徊《はいかい》とは感心しないな。今は色相《しきそう》にも問題ないが、繰り返せばどうなるかわからんぞ」

叱責《しっせき》の対象が短髪から自分に移ったことがわかって、瞳子はますます寒々しさに表情をゆがめる。

一六歳の多感な時期に全寮制女子校という巨大な牢獄《ろうごく》にとらわれた健全な女子が、ほんの少しばかりの自由を求めて街へ繰り出すことの何がそんなに悪いというのか。

たしかに繰り出した先が日本最大の廃棄区画というのは、思春期の小さな暴走としては可愛げがないことは自覚していたが、それでも今、素直に頭を垂れる気にはなれない。

目線をわざとらしく外すと、セミロングの毛先をクルクルと弄《もてあそ》ぶ。

大人にはこういう態度が一番効くのだ。

徹底していると相手は勝手に激昂《げきこう》するし、それを目の前にすれば自分は自然と冷静さを獲得できる。そうやって精神的優位性を確保しながら内心で大人をこき下ろすのが思春期の正しい渡り歩き方だと瞳子は知っていた。

「おい、聞いてるのか」

案の定、黒髪は瞳子のふてぶてしい態度に閉口しているようだ。

瞳子は満足して、濡《ぬ》れた毛先を指ではじいてみせてから、心の中でぺろりと舌を出した。

隣から押し殺した笑い声が聞こえる。

「さすがの狡噛も女子高生にはかたなしだなぁ」

肩をふるわせながらそう言うと、短髪は瞳子を見据えた。

「まあ、お嬢様にはわからんかもしれねぇが、世の中には想像もできねえようなわりぃやつもいるんだよ。俺みたいなね～」

途端、立ち上がり瞳子の上に覆い被《かぶ》さろうとして来る短髪に、瞳子は悲鳴をあげながら鞄《かばん》を振り上げた。

しかし短髪は初めからその鞄が振り上げられるのを知っていたかのように片手でそ

れを軽くいなすと、そのまま瞳子の手首をつかみ机に押しつける。

手首に付いていくように、瞳子の上体が机に倒れ込む。その衝撃で鞄の錠前が開き、中身がばさばさと投げ出された。

「っ……!!!」

「あら、声も出ないか。けっこうかわいいとこあるじゃ――」

言い終わらぬうちに、今度は短髪の手首が高く捻《ひね》り上げられ、瞳子から引き離される。

「痛い痛い痛い痛い!!」

「お前……いい加減にしろよホントに」

あきれきった表情で短髪の手首を捻ったまま、黒髪が瞳子に詫《わ》びる。

「すまない……よく言い聞かせておくから」

なんだこれ?

瞳子の中におかしみがこみ上げて、思わず笑いがこぼれてしまう。

びしょ濡れで、補導で、説教で(たぶんこれから女教師にも食らうだろう)、最悪だけど、それを補えるくらいには面白い。教師や父親の言うとおり、厳重に守られた女子校の中でぬくぬくと安全を享受していてはこんな経験はできない。

これだから外の世界を覗き見るのはやめられないのだ。

ある男の面影が胸をかすめる。

「あの人」も、自分と同じような気持ちでいるに違いない――そうであればいいのに。笑いに滲《にじ》み出る涙をぬぐいながらそう思う。

3

さっきから怒ったりふて腐れたり笑ったり、一時として同じ表情をしない瞳子を前に、狡噛と佐々山は顔を見合わせた。

今夜彼女は、雨降る廃棄区画の片隅で、しょんぼりと立っていた。

何もかもが薄汚れているその場所で、黒い革製の学生鞄を持ち、ぴんと角の立ったセーラーカラーに折り目正しいプリーツスカートを身にまとう彼女は、明らかに異質だった。

雨に濡れた影が廃棄区画の雑多なネオンに浮かび上がる様は、いつか見たＳＦ映画のワンシーンを思い起こさせて、佐々山の足を止めた。

掃き溜《だ》めに鶴、とは随分使い古された表現であるが、まさにそれだなと佐々山は思った。

水を含んでだらりと下がる黒髪の間から白く凍えた肌が覗き、その白い肌がネオンで青や赤や黄色に染まる。そのうつろいがそのまま少女の内面の揺らぎを表しているようで、その一過性の輝きに佐々山は目を奪われたのだった。

今の彼女は、公安局の平面的な明かりに照らされているが、クルクルと変わる表情はやはり複雑な色彩を湛《たた》えた天然の鉱物のように思われた。

「まあとにかく俺が言いたかったのは、自分を大切にしろってこと！」

宝石は、己の輝きが他者の目にどう映るのか知ることはできない。

それがいかに魅力的で、時として暴力的衝動を誘うということも。

「お前ぐらいの年代は、自分を過信しすぎる傾向があるからな。さっきみたいなことがあっても何とかできると思ってたろ」

佐々山の言葉に、瞳子はぐっと口ごもる。

「いいか、今お前は世の中に自分ができないことなんて何ひとつ無いくらいに思ってるかもしれねーが、その自信を支えてるのは、無知だ。自分の無知に泣かされるほど、惨めなことはねぇぞ。大人が言うんだから間違いない」

「何よ……偉そうに。潜在犯のくせに」

「ははっ、ちげーねー」

佐々山は軽く笑ってから瞳子の頭を二度軽く叩《たた》くと、机の上に投げ出された瞳子の私物を拾い上げ始めた。

女の子らしい色遣いの小物を一つ一つ丁寧に拾ってゆく。

タブレット端末やデータスティックなど近代的なデジタル機器に混じって、今時珍しい紙でできたテキストやノートもある。おそらく瞳子の通う桜霜学園ではアナログな記憶媒体の使用が推奨されているのだろう。

「古式ゆかしい名門」の所以《ゆえん》ここに有りってとこだなと、感心しながらちらばる小物に目をやっていると、あるものが佐々山の興味を惹《ひ》いた。

「一眼レフじゃねえか……」

ピンクや黄色、パステルカラーの彩りの中で、黒光りするぼってりとした機体と、男性の拳《こぶし》以上ある大きさのレンズが異様な存在感を湛えている。

「しかもこれNICHROME D7000じゃん！　とんでもねぇ名機だぞ？　これお前が使うの？」

すぐさま持ち上げてファインダーを覗《のぞ》く。

「うおっ！　いいねぇこのずっしりくる感じ！」

「ちょっと！　勝手にやめてよ！」

慌てて手を伸ばす瞳子をさらりとかわし、カメラの各部位を観察する。

「まだ使えるんだこれ？　何十年も前の製品だぞ？　まだ日本が産業国だった頃の」

瞳子はぴょんぴょんと跳びはね愛機を奪還しようとするが、佐々山は全く意に介す

様子がない。さらには、

「ちょっとデータみせてよ」

と言うと承諾もないまま、官製のホロデバイスで画像データを表示した。

瞳子の黄色い叫び声が室内にこだまするのと同時に、三人の目の前で大量の画像データが展開された。

「人のデータ勝手に見るなんて最低!!」

「なんだよ、ハメ撮り画像でもあんのか?」

「ハメ……え?」

「だったらなおさら検閲の必要があるなぁ♪」

「おい佐々山……」

友人とのスナップショット、校舎や食事の様子など、平和で、どこか貴族的でさえある瞳子の日常風景の点描。その中にいくつか廃棄区画の写真が混ざっている。

「これは? 今夜撮ったものか?」

狡噛はその写真の異質さを訝《いぶか》しんで尋ねる。

「そうよ! 廃棄区画なら少しは面白い写真撮れると思ったの! もういいでしょ返してよ!」

顔を真っ赤にして食いつく瞳子を制して、今度は佐々山が尋ねる。

「面白い写真て、お前本気か？」

「はぁ？」

「ピントも露出もぐちゃぐちゃ。お前これ面白いどうこう以前の話だぞ」

赤かった瞳子の頬がさらに赤くなる。まるでカラーフィルムを透しているようだ。

「だからッ……それは……！　勉強中!!」

憤怒《ふんぬ》と羞恥《しゅうち》に任せて佐々山の手から愛機を奪い返すと、目の前の画像データは跡形なく消えた。

刑事にはプライバシーっていう概念がないんだ……。激しい動悸《どうき》を必死で抑えながら瞳子は思った。

ポーン、という機械音に目をやると、ガラス戸の向こうに庶務用ドローンがタオルを抱えて所在なげに佇《たたず》んでいる。佐々山は何事もなかったかのように扉まで向かうとタオルをつかみ、そのまま瞳子に投げて寄こす。

上質なパイルの肌触りと柔軟剤の香りにめまいがするほど安らぐ。途端に先ほどの激情は霧散し、身体がどっと重くなるのを感じる。その身体的反応に自分の幼さを実感し、瞳子は小さくため息をついた。

こういう幼さが「あの人」の自分に対する興味をそぐのだ。

4

それから数十分後、瞳子は青筋たてた中年の女教師につれられて公安局をあとにした。

「瞳子さんまたあなたは……！　今度こそお父様に報告しますからね！」

貴重な眠りを邪魔されてことさら不機嫌な女教師は、瞳子の華奢《きゃしゃ》な腕をちぎれんばかりに引っ張りながらそう叫んでいた。

佐々山は女教師の「また」という言葉が気にかかる。

瞳子の深夜徘徊《はいかい》は常習性のものなのだろう。

遠からぬうちに自分とあの少女は再会する、そう予感した。

なぜなら、悪ガキは懲りるということを知らないから。

そう思うと少しだけ胸の中でざわめきがおこる。楽しいおもちゃを発見したときのような、原始的なときめき。

コツンと足下に何かが触れた。パステルピンクのデータスティックである。瞳子の鞄《かばん》からこぼれ落ちたものだろう。予感が確信に変わる。

データスティックをひょいと拾い上げ、ふふふふん、と上機嫌で鼻を鳴らし、本日何本目かのタバコに火をつけ紫煙をはき出すと、背後からわざとらしい咳払《せきばら》いが聞こえた。

狡噛である。

煙たそうにしかめる彼の目が、「話はまだ済んでないぞ」と語っている。

「悪かったよ」

なるべく殊勝そうに言う。

狡噛の険を含んだ眼差《まなざ》しが、みるみるうちに飼い犬に手を噛《か》まれた少年のそれになる。

佐々山の目の前にいる青年は、公安局きっての優秀な成績で、鳴り物入りで刑事課に配属された優等生である。機知に富み、素早い判断力を有し、激しい研鑽《けんさん》を積んだ肉体は他の追随を許さない。その有能さに裏打ちされた健常な精神は、公正・誠実をモットーとし、佐々山のような不良執行官にも職業上の仲間としてそれ相応の信頼関係を求める。つまり裏切られれば、まっとうに傷つく。

ようはいい奴なんだよなぁ、紫煙越しに狡噛を見つめながら、佐々山は思う。

ただ、その清廉潔白な眼差し故に、世界の暗部を見落とす危険性をはらんでいる。

まっすぐに明るいところにつき進んでいたかと思いきや、明るいのは目の前だけで本当は暗闇のただ中に身を投じていた、なんてことになりかねない危うさを持った男だ。

つまり無知なのだ、人間の後ろ暗い、まっとうとはほど遠い、卑しい暗部について。

佐々山はこの男が嫌いではない。嫌いではないが、時々自分の暗部に無遠慮に抵触されているような感覚を覚えることがある。

強い光源の下に浮かび上がる、自分の真黒き影。

それを突きつけられて喜ぶ人間はそうはいまい。勿論《もちろん》佐々山も。

「ちゃんと職務規定に従い潜在犯は連行します」

もっともらしい言葉にわかりやすく安堵《あんど》する狡噛を見ていると、どうしても彼の清廉潔白な内面を引っかき回してやりたいという意地悪な心が疼《うず》く。

「ただし、好みの女は別だがな」

特に今夜は。


佐々山の様子がおかしい。

今までも執行官の職務について真面目だったとは言えないが、今夜のようにあからさまな職務規定違反をすることはなかった。

執行官は職務に忠実であることにおいてのみ、社会にその存在を許容されている。職務を遂行できなかったり、反逆行為が認められたりすればすぐさまその存在は社会から抹殺されるのだ。

八年間も執行官の任に就いてきた佐々山がそれを知らないはずはない。それなのに――


今夜の佐々山の振る舞いは、自殺行為に等しい。

「佐々山、お前どうした」

狡噛の実直な質問に、佐々山の表情が微《かす》かに硬直する。

「……別に」

「今月頭におこった衆院議員殺害事件が広域重要指定事件になったと連絡があった。おそらく今後は係の垣根を越えて事件捜査にあたることになる。俺だけがお前の行動を監視するわけじゃなくなるんだぞ」

長らくアンタッチャブルだった廃棄区画の解体運動の高まりには、一つの大きな推進力があった。

衆院議員橋田《はしだ》良二《りょうじ》殺害事件である。

廃棄区画解体運動の急先鋒《きゅうせんぽう》であった衆院議員・橋田良二が何者かにより殺害され、プラスティネーション加工（死体に特殊な樹脂を浸透させることにより保存可能な標本にする技術）された上で、微に入り細に入り解体され、橋田の行きつけだった赤坂《あかさか》の高級料亭の前庭に、人体標本よろしく、堂々と展示されていたのだ。

遺体は全裸で料亭前庭に正座し、三つ指をつき、頭部は円形に切開され、脳がくり抜かれていた。検死の結果、脳の一部が切り取られ肛門《こうもん》に挿入されていることがわかった。

その部位とは、海馬——記憶を司《つかさど》る器官だ。

以前から、廃棄区画の解体を求める人権団体から賄賂《わいろ》を受け取っているのではとの疑惑を追及されていた橋田は、国会の証人喚問で「記憶にございません」と連発し、そのふてぶてしい態度が批判の的になっていた。肛門に挿入された海馬はそんな彼への皮肉なのか。

とにかくそのあまりに常軌を逸した犯行に、遺体発見時、周囲のエリアストレスは跳ね上がり、市民のサイコ＝パス悪化を懸念した厚生省により、報道規制が敷かれたものの、規制の外にいる公人達は震え上がった。

手口としては大がかりな事件だったが、被害者が消息を絶ったのが視察に訪れた都内の廃棄区画であったため、犯行の記録が一切残っておらず捜査は進展せず、関係各所から廃棄区画の解体を求める声が上がったのである。

おかげで厚生省をはじめとしたお役所各所は廃棄区画解体に手をつけざるを得なくなり、ほぼ保留状態になっていた廃棄区画解体が現実のものとして大きく動き出したのだ。そして、廃棄区画解体運動のシンボルとして今もっとも注目されているのが、今夜狡噛たちがかり出された扇島である。

ある事件が起こったときに、事件そのものの解決を試みるよりも、事件を発生させた環境を改善しようとするところに、この時代特有の気風が見て取れる。

シビュラシステムに管理された環境ではそもそも犯罪など起こるはずがなく、犯罪が起こるとすればまずその環境に欠陥がある、と考えるのがこの社会の基本的論理思考である。

しかし、ある一定の歴史と特異な文化が形成されている扇島の解体は一筋縄ではいかず、結局、刑事課が事件解決のために尻《しり》を叩《たた》かれることになった。

通常であれば刑事課の一係二係三係は担当事件が明確に分かれているが、広域重要指定となった衆院議員殺害事件において、その区分は棄却される。全係総員で事件を解決することが求められるのだ。

つまり、普段の佐々山を知らない監視官が佐々山の監視権を握る可能性もある。

人間関係が形成されていない状態で、佐々山が放蕩《ほうとう》な行為に出たらどうなるか、狡噛はそれを危惧《きぐ》しているのだ。

狡噛の忠告に佐々山の口元がいびつに歪《ゆが》む。

まだ火をつけて間もないタバコを灰皿にこすりつけながら狡噛をにらみつけた。

「ほう。それは、『俺だから見逃してやってるんだぞ、感謝しろ』ってことか?」

佐々山の扇情的な返答に、狡噛の頬がカッと熱くなる。

言い返す間もなく佐々山が二の句を継ぐ。

「そういうことだろ。『俺じゃなかったらお前なんて速攻ドミネーターでズドンだ。それがわかってたら俺の言うことに素直に従え』、違うか？　だがな狡噛、俺に言わせりゃ、そいつはお前の怠慢だ。言うこときかねえ執行官はドミネーターで排除する。それが狡噛、監視官の役目だろ」

『ドミネーター』

刑事課に所属するものだけが携帯を許される、特殊拳銃《けんじゅう》である。

シビュラシステムとオンラインで繋《つな》がり、銃口を向けた人間の犯罪係数を瞬時に読み取り、各人の犯罪係数に即して鎮圧を執行する。

犯罪係数が一〇〇以上三〇〇未満のものに対しては、電気麻痺《まひ》銃――パラライザーと化し、それ以上のものに対しては強烈な殺人銃――エリミネーターと化す。その鑑識眼はシビュラシステムのもとで生活するあまねく市民に平等に注がれる。当然、執行官である佐々山に対しても。

ゆっくりと立ち上がり、視線を上目遣いにギラつかせながら狡噛に迫る。

「清廉潔白なお前は忘れてるかも知れねぇが、俺は潜在犯だぞ。いつだって社会に牙《きば》むく。今だってな」

そう言うと佐々山は狡噛の眼前に手を伸ばし視界を遮るのと同時に、額をそのまま強く後ろへ押す。急な後方への圧力に思わず体勢を崩しのけぞる狡噛の脚を、今度は前方へ引っかける。すると屈強な狡噛でも簡単に尻から倒れる。身体を起こそうとする狡噛の胸にすかさず右足の靴底を押し当てて床に貼り付けにすると、銃口をかたどった指先を向けた。

「狡噛慎也監視官、任意執行対象です、ってか」

指先の銃口越しに見る佐々山の瞳《ひとみ》は、凶暴な光りを湛《たた》え、この一連の行動が先ほど瞳子にしたものとは全く別の意味合いのものであることを物語っていた。

突然の出来事に思考が追いつかず酸欠の魚のように口をぱくつかせる狡噛の様子に満足したのか、佐々山は鼻で笑うとゆっくりと脚をどける。

「狡噛はあれだな、実戦経験が足りねぇな」

そう言った佐々山の瞳にはすでに先ほどまでの眼光はなかったが、それでもその余韻は狡噛の胸中に留《とど》まっている。

「お前……冗談にも程があるぞ」

佐々山の思わぬ行動に血の気が引いてゆくのがわかる。自分が使役しているのは潜在犯、紛れもない狂犬。その事実を狂犬本人から突きつけられたのだ。

「冗談じゃねえよ。お前が甘いって言ってんだ。気に入らなければ俺を撃て。それがお前の仕事だ」

佐々山はそう言うと、狡噛に背を向けて座り、沈黙した。

世の中の音という音が、みんな黙り込んでしまったかのようだった。

そんな中で巨大なファンの回転音だけが空間を埋め尽くし、息苦しいほどに迫ってくる。


少しばかり自棄《やけ》になっている自分を、佐々山は自覚していた。普段ならここまで監視官にたてつくことはない。

反逆行為がそのまま死に直結する世界だ。

何故自分がこうまでして狡噛に食い下がるのか。考えればすぐさま陳腐な答えが浮かび、佐々山は苦笑する。

今朝、自分の端末に届いたメールの文面が頭をよぎる。

自分にとってもっとも不都合な事実が、そこには綴《つづ》られていた。執行官としての自分を足下から揺るがす、不都合な事実が。

八つ当たりなのだ、単に。

自分のふがいなさに対するいらだちを、狡噛にぶつけているだけだ。そうとわかっていても、自棄に転がり落ちてゆく心を止めようという気が起きない。

これが世に言う、「やきがまわった」って状態だなと、心の中で独りごちる。

もし仮に狡噛が今自分を背後から撃ち殺したとして、感謝こそすれ恨みはしないだろう。

そんなくだらない仮定を弄《もてあそ》んで、佐々山は沈黙に身をゆだねていた。


耳が痛くなるような沈黙の中で、狡噛は佐々山の言葉を反芻《はんすう》していた。

「お前が甘いって言ってんだ。気に入らなければ俺を撃て。それがお前の仕事だ」

たしかに、佐々山の言う通りかも知れない。

自分は執行官に寛容なふうを装っているが、その実、ただ執行官に銃口を向けることを恐れているだけなのかも知れない。

紛れもない、自分自身の人間性を守るために。

何事もなかったかのようにタバコをくゆらせる佐々山の背中を見つめる。

狡噛の口からこぼれたのは、

「すまない」

謝罪の言葉だった。

その言葉を聞くやいなや佐々山は振り返った。目を丸く見開いている。無理もない。

狡噛自身も自分の言葉に驚いているのだ。

自分が何故謝意を述べたのか、言葉を発した瞬間には狡噛自身にもわからなかった。ただ、思わずこぼれ出た言葉に後押しされるように理論が明確になっていく。たしかに――

「たしかに俺の態度は怠慢だったかも知れん。ただ――」

ただ、自分が謝りたいのはそのことではない。

「俺はお前を撃ちたくない。お前は潜在犯だが仲間だ。仲間を撃つような惨めな思いはしたくないんだ。これは俺の問題だが、やはりお前には無茶をして欲しくない」

佐々山の丸く見開かれた目が、徐々に、見慣れたいつもの形になっていく。

しかしその瞳は、同意でも反発でもない、複雑な感情の色を湛えていた。

結局その夜のうちに狡噛と佐々山の関係が好転することはなかった。

他の一係の面々が、任務を終え帰局し、二人の間に横たわる沈黙を破っても、二人の間の空気が変わることはなかった。

一係のもう一人の監視官である宜野座《ぎのざ》伸元《のぶちか》が、衆院議員殺害事件の広域指定について申し送りを始めたときも、佐々山は協力的な姿勢を見せず、

「俺こういう知能犯っぽい事件をチマチマ捜査すんの性にあわねーんだわ。もっと、可憐《かれん》なヒロインを悪い奴からバーンと助けるみたいなスペクタクルなヤツがいー。事

件にヒロインが登場したら呼んでくれ」

と軽口を叩《たた》き、宜野座監視官の自慢のメガネを憤怒《ふんぬ》に曇らせた。

しかし、佐々山の「ヒロイン登場」という願望は、すぐにはたされることになる。

残念ながらすでに「悪い奴」の手に落ちきっていたが。

5

冬の朝の柔らかい光の中、彼女は翼を広げ、そこに舞い降りた。

いや、正確には吊されていた。

千代田区外神田《そとかんだ》パブリックパークの設営途中のアイドルコンサートのステージ上で、少女は陽光を一身に受けながらゆらゆらと揺れていた。

彼女の背後からは翼のようなものが広がり、腰には可憐なドレープがたなびいて、その様はさながら、ステージ衣装に身を包み、スポットライトを浴びながら観客の声援に応《こた》えるアイドルであった。

しかしその姿を間近で見て、彼女に声援を送るものはいない。

彼女に送られるのは、恐怖におののく悲鳴。

彼女の翼は、背面から綺麗《きれい》にはぎ取られた皮膚であり、可憐なドレープは、筋組織にそって解体され付け根から放射状に広げられた、彼女の大腿部《だいたいぶ》であった。

第二章　おひめさまとおうじさま

1

むかしむかしあるところに、おひめさまとおうじさまがいました。

おひめさまとおうじさまは、ふかいふかい、まほうのもりの、そのまたおくの、ふしぎなしろで、まほうつかいといっしょにくらしておりました。

まほうつかいは、いつもふたりにいいました。

「いいかいふたり、よくおきき。なにがあってもこのしろの、おそとにでてはいけないよ」

「それはなぜなの、おしえてよ」

おひめさまはききました。

「このしろのそとにはたくさんの、わるいまほうつかいがすんでいる。もしもおそとにでたのなら、とたんにやつらにつかまって、やつざきにされてくわれるよ」

なんておそろしいことでしょう。

あまりのおそろしさに、おひめさまは、しくしくなきだしてしまいました。

「だからねふたり、よくおきき。なにがあってもこのしろの、おそとにでてはいけないよ。それだけやくそくできたなら、ふたりはいっしょうこのしろで、しあわせにくらせるよ」

まじょはそういうと、やさしくおひめさまのあたまをなでました。

おひめさまは、まじょをみあげながら、

「ほんとうに？」

とききました。

するとこんどは、おうじさまが、おひめさまのあたまをなでて、いいました。

「きっと、きっと、ほんとうだよ」

そういうとおうじさまは、にっこりとわらいました。

おひめさまは、おうじさまのえがおが、このよでいっとう、うつくしいものにちがいない、とおもいました。

このえがおが、やつざきにされるくらいなら、いっしょう、いっしょう、そとのせかいなんて、みられなくてもいい。

いっしょう、いっしょう、おうじさまとふたりで、しあわせにくらせるなら、それいじょうすてきなことは、ないとおもいました。

「きっと、きっと、ほんとうね？」

おひめさまは、もういちど、おうじさまにききました。

おうじさまはもういちど、ほうせきのようにうつくしいえがおをみせて、いいました。

「おひめさまとふたりで、しあわせにくらせるなら、それいじょうすてきなことはない」

おうじさまが、じぶんとおなじきもちであることがわかって、おひめさまはおおよろこび。

せかいはきらきらとかがやいて、なにもかもが、ふたりをしゅくふくしていました。

おたがいがいれば、このよに、たりないものなど、なにひとつなかったのです。

おうじさまとおひめさまは、それからもずっと、ふかいふかい、まほうのもりの、そのまたおくの、ふしぎなしろで、いっしょにくらしました。

2

「つまらないな」

桜霜学園社会科教諭、藤間《とうま》幸三郎《こうざぶろう》は、目の前に展開される扇島の風景写真のホロを一瞥《いちべつ》して言った。藤間の指先では、今時珍しい金属製のボールペンがその切っ先を鋭く光らせながら、クルクルと小気味よく回っている。この男には、人と相対しているときにボールペンを弄《もてあそ》ぶ癖がある。その様はすでに熟練の域に達し、ボールペンはあたかも生き物のように藤間の掌《てのひら》の上で踊る。その指先の器用さに釘付《くぎづ》けになっていた瞳子は、この一言で、はっと我に返った。

「そう……ですか」

もうこれで何度目だろう。

目の前の男が自分の写真に興味を持ってくれたことは今まで一度もない。落胆に視線を落とすと、夕日に染まる廊下に、二人の影が長く、長く伸びていた。

瞳子がこの男に出会ったのは、今年の春。

瞳子の通う桜霜学園に、新任の社会科教諭として赴任してきたのが藤間であった。

この男は、初めからどこか異彩を放っていた、と瞳子は思う。

赴任当時、クラスの女子が藤間にいたずらをしかけたことがあった。教卓に生理用品をしのばせておいたのである。

このいたずらは新しい男性教師になされる恒例の儀式であり、男という異質な存在に対する、少女たちの小さな威嚇である。

大抵の（特に若い）男性教師は顔を赤らめうろたえ、途端に少女達を異質なるものとして恐怖する。

そうして初めてその男性教員は、女の園の一員として迎え入れられるのだ。

当然少女たちは、藤間にも同じ反応を期待していた。しかし彼が彼女たちの期待に応《こた》えることはなかった。

藤間は教卓の生理用品に気づくと、黙ってそれを黒板に貼り付け、何事もなかったかのように授業を始めたのである。その表情からは、少女たちに対する憤怒《ふんぬ》も戸惑いも恐怖も読み取れない。ただ、どこか諦観《ていかん》を湛《たた》えたような微笑みがあるだけだった。

その微笑みに、瞳子は釘付けになった。

くだらない儀式で小さな自尊心を満たそうとする少女たちに対して、小気味よい感情が沸き上がったのも事実である。しかしそれ以上に、藤間の面差しそのものに、瞳子は惹《ひ》かれたのだ。

彼女には、幼い頃から繰り返し見る夢がある。

深い森の中、不思議な部屋に佇《たたず》む少年のイメージ。

鬱蒼《うっそう》とした森の中で、その部屋だけはきらびやかに飾り立てられ、際立って輝いている。

部屋の中心には主《あるじ》のいない空の玉座と、その傍らに佇む少年。

何もかもが輝くその場所で、その少年はひときわ輝く笑顔を見せて、瞳子に語りかける。

「今度は君が、僕のお姫様になってくれるの?」


藤間の微笑みは、少年のそれを思い起こさせた。

それからというもの、瞳子は藤間へのストーキング行為に精を出した。

彼が写真部の顧問になったと聞けば写真部に入部し、ファインダーを覗《のぞ》いたこともないくせに、父親にねだって高価な一眼レフカメラを買ってもらった。

目に映るもの全てをカメラに納め、それを口実に藤間に話しかける日々。

シャッターを切った回数だけで言えば、瞳子は写真部の誰よりも勝っていた。いや、この国の誰よりもシャッターを切ったに違いないと瞳子は思っていた。

しかし、どの写真も、藤間の琴線に触れることはない。

どんな写真を見ても、藤間はその微笑みを微動だにせず、平然とボールペンを回しながら、

「つまらないな」

と言うだけだった。

もはや瞳子の目に映る世界は全てが写真となり、藤間の前に晒《さら》され尽くしてしまった。藤間にとって瞳子の世界は、ペン回し以下の、つまらない世界ということなのだろうか。

否定できないな……と瞳子は思う。

全寮制女子校という閉ざされた空間。少女たちに、正しく、美しいものだけを注入し続けるための機関。そこに物心ついた頃から囲われ続けてきたのである。自分の世界の狭さは自覚していた。

だからこそ藤間に食い下がった。

少女たちの牽制《けんせい》をものともせず、自分の世界を「つまらない」と一蹴《いっしゅう》する藤間は、自分の知らない世界から颯爽《さっそう》と現れた王子のように思えた。自分をここから連れ去って、見たこともない場所へ連れて行ってくれる王子。そして王子もまた、瞳子が自分の姫になることを望んでいるに違いない……。

　幼い頃から見る少年の幻影と相まって、瞳子の藤間に対する憧憬《どうけい》は、複雑かつ頑強なものへと変化してゆき、それに伴った彼女のストーキング行為は、学内にとどまらずついには学外へとそのスケールを広げた。

　藤間は毎週末、学園敷地内にある教員宿舎から抜け出してどこかへ行く。

　瞳子がそれに気づいたのは今から三ヶ月前の九月上旬のことである。

　それ以来、藤間のあとをつけては見失うということを繰り返した。（由緒正しき全寮制女子校には、先人達が築き上げた、由緒正しき抜け道もあるのだ）途中何度か教師に発見され指導室に連行されるというミスも挟みつつ、ようやくたどり着いたのが、巨大廃棄区画扇島だった。

　扇島に踏み込むやいなや、そのあまりの広大さと、かつて自分が触れたことのない世界観にしばし呆然《ぼうぜん》として、結局その日も藤間を見逃してしまったけれど……。

　この経験は自分の狭い世界を、これでもかと拡張したように思えた。この場所の写真ならば、藤間も少しは心を向けてくれるかもしれない。そう思って、扇島の様子を何枚もカメラに納めた。

　しかし、瞳子の期待は彼のいつもの言葉で、粉々に砕かれてしまった。

「私の写真のどこがいけないんでしょう。この前見て頂いたモノよりも被写体も工夫したのですが……」

うつむいたまま尋ねる。

被写体を工夫云々《うんぬん》というより、その写真達は紛れもなく、藤間が姿を消した扇島のものなのである。一介の女子高生が様々な困難を経て、巨大な社会の暗部に侵入した痕跡《こんせき》なのである。そして何よりも、自分が藤間という人間の世界に肉薄しつつあるという証拠なのである。

今度こそ彼の微笑みの先にあるものが見えるに違いない、そう思っていたのに。

徒労感に襲われる。

廃棄区画で雨に濡《ぬ》れ、妙な刑事二人に補導され、あげくそのうちの一人に押し倒され、なんというか、学校の友人達が何人集まっても経験しきれないほどのことを、一晩のうちにやってのけたというのに、それでも自分の世界の広がりは藤間に遠く及ばないのか。

自分があまりに寄る辺なく思えて、足下から伸びる二人の黒く長い影をたよって、目で追ってみる。

二人の影はどこまでも長く伸びてゆくが、どこまでも重なることはない。

二人の立ち位置と光の性質を考えれば当然のことのはずなのに、なんだかそれがとんでもなく不条理な現象のように感じられて、瞳子は軽く歯ぎしりする。

こんな気持ちも当然、藤間には届いていないのだろう。

「どこがいけないって……そんなことわからないよ。僕は君に感想を求められたから
それを言っただけ」
相変わらずの微笑みを湛えて藤間が優しく言う。優しいけれども決して、こちら側
には踏み込んでこない。まるで今の、二人の影のような距離感。
藤間を見つめる。
深遠な眼差《まなざ》しも、柔らかく湾曲する口元も、まつげも髪も、すべてが夕焼け色に縁
取られている。きめ細やかな皮膚を柔らかな産毛が覆い、それが夕日に照らされて顔
全体が黄金色に輝いているようだ。
やっぱり似てるよな……。
どこからともなく激しい郷愁の波が押し寄せてきて、心を全てさらっていかれるよ
うな感覚に襲われ、瞳子は小さく身震いする。
「どうしたの？　もうようがないならいくけど」
そう言うと瞳子の返事も待たずに、背を向けて行ってしまう。
藤間の細身で少しなで肩気味の後ろ姿を見つめながら思う。
今度は絶対、あの男の行く先を突き止めてみせる。
そして、あの男の世界を揺るがすような写真を撮ってやるのだ。

3

人間の一生は、その死に様に現れるという。

自分の境遇を嘆き、他人を妬《ねた》み、後悔に溺《おぼ》れ、悲嘆にくれながらその一生を終えるのか、周囲に笑顔と感謝の言葉を残して、惜しまれながらこの世を去るのか。

その人間が歩んできた人生の総括が、死の瞬間になされるというのだ。

だとすれば——狡噛は思う。

この二人の一生とは何だったのか。


公安局刑事課大会議室に黒スーツの一団がずらりとその身を並べている。

これから刑事課一～三係総員で、広域重要指定事件となった衆院議員殺害事件と少女殺害事件について、捜査会議が行われるのだ。

刑事課は総勢二〇名と規模は小さいが、一堂に会せばそれなりの迫力がある。

狡噛は配属以来初めての事態に多少の興奮を覚えながら周囲を見回し、はたと気づいた。

佐々山の姿がない。

のに。

　今日この時間に捜査会議があることは、自分からも口を酸っぱくして言ってあった
　昨晩の言い合いが頭をよぎる。あいつのことだからどうせ公安局の執行官隔離区画の自室で、寝腐れているのだろう。

　左腕に巻き付けられたデバイスはすでに会議開始時間を示しているが、遅刻したとていないよりはましだ。すぐに連れ出してこようと、歯噛《はが》みしながら席を立つと、誰かがスーツの裾《すそ》を引っ張った。

　一係所属の、征陸智己《まさおかともみ》執行官だ。

　白髪交じりの頭髪とその表情に深く刻まれた皺《しわ》は、彼がすでに中年を通り越して初老にさしかかっていることを示しているが、同時に、スーツの裾を握る分厚い手やその大きくはった肩は、彼の肉体がいまだ若々しさを保ち躍動することも示している。

「佐々山ぁ、ちょっと調子悪くてな」

　意味深にウィンクして言葉を続ける。

「佐々山より、監視官のお前が会議のしょっぱないねぇほうがまずいだろ。やっこさん随分ぴりついてるようだし……」

　征陸が顎《あご》をしゃくらせた先には二係の監視官、霜村正和《しもむらまさかず》がいた。

　腕を組み背もたれに大きくその身を預け右膝《みぎひざ》を小刻みに揺らす彼は、なるほど征陸

の言う通り苛立《いらだ》っているようだ。

「広域重要指定化で捜査本部長に任命って言っても、結局自分の係で成果を上げられなかったことへの当てこすりみたいなもんだ。いらつくのも無理はねぇが、ここでヤツの不興を買えば、腹いせに上層部にどんな報告されるかわからんぞ」

たしかに、自分が捜査にあたっていた事件が広域重要指定の憂き目にあった上に二人目の犠牲者まで現れたとなれば、霜村の心中穏やかでないことは間違いない。

お世辞にも人格者とは言えない霜村が、自分の評価のため、無闇なことをしないとは言い切れない。

「佐々山のことは執行官の放蕩《ほうとう》で片が付く。とりあえずお前は座っとけ」

老獪《ろうかい》な物言いに困惑しながら、狡噛はベテラン刑事を見つめた。

征陸はシビュラによる犯罪抑制システムの確立以前から、警視庁に刑事として所属していた、いわば大先輩である。

ドミネーターが存在しなかった時代、刑事達は今よりもずっと深く犯罪捜査と関わっていたため、犯罪係数が実用化されたときには、多くの刑事がその数値の悪化を理由に離職を余儀なくされたという。

しかし征陸は刑事の職にしがみつき、ついには執行官に降格した。

そんな征陸を、狡噛は「とっつぁん」という愛称で呼ぶほどに信望を寄せていた。

まっすぐに見つめ返してくる征陸の思慮深げな瞳に説き伏せられるように、狡噛はおとなしく席に着いた。

会議室の照明がゆっくりとその明度を落とし、それと同時に中空に二つの死体が鮮やかに浮かび上がる。

一つは贅肉《ぜいにく》を身にまとった中年男性のもの。もう一つは、まだ肉体的女性らしさの萌芽《ほうが》を見せ始めたばかりの少女のもの。

刑事たちを補佐する鑑識ドローンがスキャニングした、殺人現場の立体ホログラムだ。

二つの人生の総括を、刑事達が一斉に見上げる。

あらゆる角度から三次元的に解析され寸分たがわず再現されたそれは、あくまでも電気的数列の出力にすぎない。しかし、それ相応の迫力を持って彼らの眼前に迫ってくる。

生者とは異なる皮膚の色、肉のゆるみ、毛穴の拡張、眼球の白濁、おおよそ死体というものが持ちうる多くの特徴を有しながら、両者は明らかに普通の死体とは異なっていた。

中年男性は、全裸で何を詫《わ》びるのか、丸く切り取られた頭蓋《ずがい》を地面にこすりつけあるはずのものがない空洞を顕示し、少女は頭部こそ無傷だったが、その背面は皮をはがれ筋組織を露《あら》わにし、臀《でん》部《ぶ》から大腿部《だいたいぶ》にかけてはご丁寧にその筋肉をささがきにされ、ミニのプリーツスカートよろしく放射状に広げられている。

あるものは息をのみ、またあるものは驚きに身体を震わせながら、それらと相対していた。

皆この死に様になにがしかの解釈を試みながらも、しかしあまりの異常さに混乱し、思考の着地点を見いだせず、視線を当てもなく泳がせている。

「こりゃあ……」

征陸が白髪交じりの髪を掻《か》き上げながらつぶやく。刑事達の数十の視線が、ベテランなりの解釈を期待し藁《わら》をも摑《つか》むといったふうに征陸に注がれる。

しかし、そのつぶやきに続く言葉はなく、沈黙に漏れた息はむなしく刑事達の足下に転がり落ちていった。

幾多の死体と対面してきた彼でも、この二体の有様に混乱が隠せないようだ。

初老刑事の複雑に歪《ゆが》む表情から視線を戻し、狡噛は再び二つの総括された人生を見上げる。

この二人が生前どんな悪行を積んでいたとしても、この死に様に釣り合うものなのだろうか。

よどみきった会議室の空気を押しのけるように大きく咳払《せきばら》いをしてから、刑事課二係所属の監視官霜村正和は、空っぽの頭蓋の真下に立って語り始めた。

「この死体は、衆院議員の橋田良二のものだ。今月五日火曜に、赤坂の料亭イヤサカ前庭で発見された」

霜村は黒く磨き上げられた靴を鳴らしながら、ゆっくりと橋田良二の下を歩く。

「これまで、我々二係が本件の捜査にあたってきたのだが……」

霜村は歩みを止め、整髪料で固められたオールバックの側面を、両手で神経質に撫《な》で上げた。その表情は、両腕で隠れてはいたが、声色に、仕草に、苛立ちが滲《にじ》んでいる。

「昨日より本件は広域重要指定事件となった。以降は、ここに捜査本部を設け、係の垣根を越え情報共有を密にして、本件の捜査にあたって欲しい。何か質問のあるもの」

そう言うと、霜村は両手についた整髪料をハンカチで忌々しげにぬぐい、刑事達に向きあった。

彼が事件の広域指定に納得していないことは、くしゃくしゃに丸められたハンカチが雄弁に語っている。

監視官の任期は十年。

その十年間自らのサイコ＝パスを悪化させることなく職務をまっとうできた監視官だけが、省庁管理職という出世への階段を登ることができるのだ。

　今年任期満了を控えた霜村は、橋田良二殺害事件解決を手土産にその階段を駆け上がろうと考えていた。しかし事件が広域重要指定となれば、解決したところで自分の手柄とは見なされない可能性もある。

　霜村にとって今の状態は、目の前にぶら下がっている褒美を、むざむざと後方の衆人にばらまくようなものだ。

　腹立たしさから彼の額に血管が浮かび上がる。

「あの——……」

　まだ顔立ちに幼さを残す三係の女性執行官が、遠慮がちに手を挙げた。

「なんだ」

「この、女の子の方は……」

「今朝、千代田区外神田で発見された第二の被害者だ。犯行の手口からして、同一犯によるものと考えられる」

「なんで同一犯だと……？」

「資料に目を通していないのか？」

「だってぇ〜、今日本当は非番だったんですも——ん……」

職業意識のかけらもない返答に、執行官数人がクスクスと笑い声をたてる。

その様子を見ながら狡噛は、どこの係も執行官の扱いには手を焼いているようだ、と妙に安堵《あんど》する。

しかし当然、執行官達の振る舞いが霜村の心中を和ませるはずがない。霜村は浮き上がる血管を頭蓋骨《ずがいこつ》に押し戻すかのように、拳《こぶし》を額に強く押しつけた。

刑事課といえどもその構成員の三分の二が執行官——すなわち潜在犯なのである。ならば、広域重要指定で捜査員を増員したところではたしてそれが事件解決にどの程度有益だと言うのか、むしろいらぬ混乱を招くことになるのではないか、そうなったら自分の出世の花道はどうなる、霜村の明敏な頭脳が瞬く間に最悪のシナリオを作り上げる。

霜村は自分で描いたバッドエンディングに軽い目眩《めまい》を覚えながら、不埒《ふらち》な執行官達を睨《にら》みつけた。

「唐之杜《からのもり》分析官、説明を」

自分を奮い立たせるように、再び堅く固められたオールバックを力強く撫で上げて指示を出す。

「はぁーい」

分析官、唐之杜志恩《しおん》が気怠《けだる》げに返事をし、立ち上がった。

唐之杜は深紅のツーピースに身を包み、その上から無造作に白衣を羽織っている。

胸元は双房が今にもこぼれ出んばかりに開かれ、緩くウェーブのかかった金髪が二つのふくらみの上で軽やかに躍り、形の良い唇はその優美さをルージュによってさらに強調され、甘い影を湛《たた》えた瞳《ひとみ》は見るものの劣情を煽《あお》り立てる。

『情報分析の女神《ミューズ》』とは彼女の自称だが、今のところそれに反論するものは刑事課にいない。

「この二つの事件、死体の展示方法ものすごく魅力的なんだけど……」

魅力的、という非常識な物言いに、霜村がたしなめるように咳払いする。

「あらごめんなさい？　でも、死体にこーんなおいたしちゃうなんて、私が通ってた医科のバカどもにもいなかったから、興奮しちゃって」

にっこりと微笑みながら真っ赤な唇を舌先でぺろりとなめる。死体を見上げるその表情が「興奮した」という言葉が冗談でないことを物語っている。

彼女もまた、潜在犯なのだ。

霜村の血管がさらに浮き上がる。

「いいから続けろ」

「はいはい。分析官的に言わせてもらえば、この事件はね、二つの大きな特徴を有しているの。一つはごらんの通り、死体の展示方法ね。死体をまるで工芸品みたいに細工して飾り付けるなんて、一世紀も前に廃れた劇場型犯罪みたい。なかなかクラシカルよね」

そう言うと熱っぽく吐息を漏らしてから、今度は人差し指を唇の前で突き立てる。

「でも」

唇と同じ色に塗り上げられたツメが、あつらえのアクセサリーのように輝いている。

「それだけじゃ同一犯の犯行って考えるには心許《こころもと》ないでしょ？　重要なのはね、この細工を可能にしているプラスティネーション薬剤」

唐之杜は刑事達の目の前にいくつかの画像データを展開させていく。会議室に、白く血色を失った遺体がピンク色の薬液に身を沈めている様子や、薄いガーゼを身にまとい業務用冷蔵庫を横置きにしたような箱に収められている様子が浮かび上がる。

「プラスティネーションっていうのはわかるわよね。死体に樹脂を浸透させて固定化……つまり腐ったりしないようにして標本にしちゃう技術なんだけど……」

刑事達は唐之杜の言葉の示すとおり画像を目で追っていく。

「通常プラスティネーションって、何日もかけて人体をホルマリン溶液に浸して、さらに数日かけて脂肪と水分を抜いてアセトンにつけ込んで～、とかなんとかクソめんどくさい下処理してから、液体合成樹脂で固定化しなきゃいけないわけ。専門家がすごーく頑張ったとしても、完成までに一ヶ月はかかる。それなのに……霜村監視官？

橋田議員が消息を絶ったのはいつだったかしら」

「一一月一日金曜日午後一〇時。赤坂近郊の廃棄区画での目撃情報を最後に、消息が摑《つか》めなくなっている」

「つまり、彼が殺害されたのは一一月一日午後一〇時以降よね？　この有様で発見されたのは？」

「一一月五日、火曜日午前八時だ」

「すごくない？」

唐之杜はまるで自分の手柄を誇るように両掌《りょうてのひら》を天に向け、興奮気味に刑事達に訴える。

「その間たった八二時間よ⁈」

普段はアンニュイに伏しがちの瞳を、これでもかと見開いて言葉を続ける。

「普通なら一ヶ月……七二〇時間以上かかるプラスティネーション加工を、八二時間、ううん、殺して、頭蓋骨切ったり皮はいだりする時間を考えたらもっと短い時間で、プラスチックにされちゃってるのよ彼らは！　おそらくこの加工に使われているのは従来のプラスティネーション薬剤じゃない、まったく新しい魔法の薬よ」

そう言ってから唐之杜は自分の興奮を治めるように一度大きく息を吐いた。「魔法」という情報分析の女神らしからぬ言葉に刑事達はざわつき、顔を見合わせる。

「組成はまだ分析中なんだけど、たぶん体組織に触れた瞬間に化学反応を起こして合成樹脂化するような薬剤……。どうやったらそんなものが作れるのか、残念ながらまだ見当も付かないんだけど……まあそんな薬が使われているの、この事件には」

遺体を工芸的に加工・装飾し衆目に晒《さら》す犯行手口、そして人類史上誰も作り上げなかった（もしかしたら考えもしなかった）人体を即座に樹脂化する特殊な薬物、この二つの特異点を結ぶのは、「同一犯」という存在。

唐之杜の説明に一応満足そうなそぶりを見せてから、霜村は事件の概要を語る。

橋田が、かねてより廃棄区画の住人たちについてしかるべき人道的処置を求め、廃棄区画解体運動を牽引《けんいん》していたこと。その運動の一環として一人で都内各地の廃棄区画に出向いては視察を行い、求められれば住民達に施しを与えていたこと。人権派議員として一定の評価を得ながら、その裏では一部の利権屋達から賄賂《わいろ》を受け取っているのではと取りざたされていたこと。たった一人の廃棄区画視察は、賄賂受け取りの隠れ蓑であった可能性もあるということ。現場周辺のサイコ＝パススキャナーに、それらしい犯罪係数保持者の形跡がなかったこと。

霜村のよどみない説明を追うように、刑事達はホロデバイスからデータを引き出し、目の前に展開させてゆく。

橋田の略歴、遺体発見場所である料亭イヤサカの周辺地図、最後に目撃された廃棄区画内の居酒屋、断片的な情報はどれも橋田の死に様と関連づけるにはあまりにも脆《ぜい》弱《じゃく》だ。情報が少なすぎる。

当然だ。橋田が最後に訪れたとされる廃棄区画は、監視カメラや街頭サイコ＝パススキャナーなどの設置が不十分であり、彼の足取りをたどるための情報が一切残っていないのだから。

「廃棄区画になんて関わるから……」

誰かが忌々しげにつぶやく。

シビュラにその存在を黙殺されている廃棄区画は、蛇の住み着いた藪《やぶ》。近寄りさえしなければなんの危険もないというのに、橋田はわざわざその藪に出向いていって、自ら蛇に飲まれてしまったのだ。

つるりと頭をそり上げた強面《こわもて》の監視官が不服そうに声をあげる。

「料亭の防犯システムはどうなってたんすか」

「残念ながら、何者かによりハッキングされ、推定犯行時間には停止している」

そこここでため息がこぼれる。

霜村率いる二係が捜査に行き詰まったのも無理はない。そんな哀れみの表情を浮かべるものもいる。

霜村が第二の被害者の資料に視線を落とし始める頃には、会議室には、打つ手無しといった気怠い空気が漂い始めていた。

狡噛は周囲を見回す。刑事達の気概をそがれた表情に違和感を覚える。

たしかに、今日までシビュラシステムに依存して犯罪捜査にあたってきた刑事達は、シビュラの庇護《ひご》する世界からするりと抜け出したような犯罪について、そう多くの対処法を持たない。しかしだからといって捜査への熱意までも失うならば、人間の刑事などなんの存在意義もない。

いかにシビュラシステムが頑強であろうと、それからこぼれ落ちるものは必ずある。だからこそ、いまだに人間の刑事なんてものが存在するのだ。

今こそ刑事としての真価が問われている。

狡噛は再び、背景をボンヤリと透過させながら浮かぶ二つの死体を見上げ、犯人に思いを馳《は》せる。

何度見ても、異様だ。

無慈悲に切り取られ変形させられた、「形」としての異様さは勿論《もちろん》ある。しかしそれ以上に、固定化された組織という存在の有り様に、狡噛は奇異なものを感じていた。

人間に拘《かか》わらずおよそ生命というものは、生命活動を終えた瞬間から時間経過とともにその組成を変化させてゆくものだ。

とうとうと流れていた血液はその動きを止め重力の命ずるままに沈殿し、唇はひび割れ、眼球はそれを満たしていた水分を奪われ小さくしぼむ。体内細菌は制御を失い内臓を食い荒らし、身体を形作っていた細胞は一つ一つゆっくりと崩壊し、肉が崩れ落ちていく。

死後の身体の変化は、老いと同じように避けられない自然の営みなのだ。

しかし彼らは違う。その組織がこれ以上に形を変えることはない。

半永久的にその形をとどめることを余儀なくされた彼らは、もはや自然の営みの外側にいる。

犯人は、彼らを自然の営みの外へ連れ去ってしまったのだ。

脳裏に唐之杜の「魔法」という言葉がちらついて、狡噛は頭を振った。

魔法などではない。

犯人にこんな事を成し遂げさせたのは、魔法の力なんかではなく、悪意だ。

この犯罪の裏にいるのは魔法使いではなく、悪意をもてあましたただの人間だ。

それならば。人間である自分が、到達できない存在ではない。

狡噛は自分の中に滾《たぎ》るものを感じていた。

霜村は自分へ向けられる憐憫《れんびん》の中に、何か別の硬質な熱量の存在を感じ視線を走らせた。

狡噛がこちらを見ている。

その鋭い眼光に当てられて、霜村のほの暗い部分が疼《うず》く。

かつて「公安局始まって以来の優秀な成績で刑事課に配属されたキャリア候補生」とは霜村のための称号だった。しかし狡噛の登場により、霜村の雷名は影を潜め、今では彼がそんな称号の持ち主だったことを覚えているものがいるかどうかも怪しい。

もし狡噛が、本件の事件解決に大きく貢献するようなことになれば、自分の評価はさらに低くなるだろう。狡噛の鋭い視線が、自分ののど元を狙う矢のように思えて、霜村の胸がざわつく。

「何か？　狡噛監視官」

敵に相対するときは必ず先手をうつ、それが霜村の勝負哲学である。

「いえ。二人目の被害者について、説明されるかと思いまして」

霜村の急な質問にも、特に慌てる様子もなく答えるので、それが余計に癪《しゃく》に障る。

狡噛の言い様は、まるで自分ののろまを糾弾しているかのようだ。

動揺を悟られぬよう、親指で額の血管をぐりぐりと押しながら狡噛から視線を外す。

先手を打つ、それが常勝のための法則だ。

何か、何か、何か。何か狡噛の動きを封じる一手が無いものか。必死で資料に視線を注いでいると、ある一言が霜村の目に飛び込んできた。

いいことを思いついた。

彼に一つ難問を与えよう。彼の心が枝葉でとらわれて、その幹に到達できぬように。

途端に霜村の胸のざわつきは収まり、思わず笑みまで浮かぶ。

「そのことだが、狡噛監視官。一つ、君たち一係に調査して欲しいことがある」

さっきまでとは打って変わった穏やかな声色で語りかける。

「彼女、今朝、設営途中のアイドルコンサートのステージ上で発見されたんだが、方々手を尽くして調査しているにも拘わらず、いまだに身元がわからないんだ」

霜村の言葉に、会議室がざわつく。

狡噛の困惑顔が心地よい。霜村は悠々と言葉を紡ぐ。

「身元がわからないなんて……、今時そんなことあるんですか？」

「あるとも。かなり特殊な事例だが」

現在日本人は出生届の提出と同時に、シビュラシステムにDNAとサイコ＝パスを登録することが義務づけられている。つまり、通常であれば遺体が発見された瞬間に、現住所から家族構成、学歴職歴病歴まで、故人に関するありとあらゆるデータが照合可能なのだ。

しかしそれができないということは、彼女がある特殊な境遇の持ち主だったことを示している。

「無戸籍者……ですか」

狡噛の言葉に、周りの刑事が身を引いて驚く。

「その通り。恐らく彼女は、なんらかの理由で戸籍にもシビュラシステムにも登録されることなく今日まで生きてきた無戸籍者だ」

この時代、シビュラに登録されていない人間が、監視カメラや街頭スキャナーひしめく一般社会で暮らしていくのは不可能だ。無戸籍者とはつまり、廃棄区画生まれ廃棄区画育ちの人間を意味している。

廃棄区画で姿を消した男に、廃棄区画で育った少女。事件解決の糸口が、手にする前にほろほろとほつれて霧散していくようだ。

会議室に漂っていた倦怠感《けんたい》が、さらに濃厚になる。

「賄賂《わいろ》疑惑議員の肛門《こうもん》に海馬をねじ込んだ次は、社会から隠された無戸籍者の少女をアイドルステージに祭り上げる……か。やっこさん、随分しゃれたことするなぁ」

征陸だけが楽しげに歓声をあげた。

征陸の場違いな歓声に一瞥《いちべつ》くれると、霜村は狡噛への追撃を続ける。

「だからね、狡噛監視官。君たち一係にはまず、彼女の身元特定をお願いしたい」

4

「面倒を押しつけられたな」

会議終了後のざわつきの中で、監視官宜野座伸元が狡噛に声をかけた。

狡噛の隣に座ると、縁なしのスクエアメガネを押し上げる。

「無戸籍者の身元の特定なんて、くだらない言葉遊びみたいなものだ。特定すべき身元がないんだから」

ため息で宜野座の前髪が揺れる。

宜野座は狡噛と同期の監視官で、何度か行われた刑事課編成ののち、狡噛が一係に配属されてからはずっとともに役職にあたっている。

「どうするつもりだ」

眼鏡の奥に不安が滲《にじ》む。

「とりあえず、聞き込みだろ。不幸中の幸いで被害者少女の顔は無傷だ。彼女の写真を手がかりに目撃情報を集めれば……」

「聞き込みか……」

忌々しげに頭を抱える。

「まるで旧体制の刑事だ」

そう言うとさも面白くないと言ったふうに頬杖《ほおづえ》をついた。

宜野座は優秀だが、杓子《しゃくし》定規なところがあり、システムから逸脱した行動を嫌う。

無戸籍者は、そもそもがシビュラシステムから逸脱した存在である。その身元特定など、彼にとってもっとも疎ましい仕事だ。

「大丈夫だろ。うちにはとっつぁんがいるんだから」

狡噛の言葉に、さらに顔をしかめる。

システムの託宣より刑事の勘を信じる征陸と、システム信奉者の宜野座はすこぶる相性が悪い。

「あいつが喜々として聞き込みしてる姿が目に浮かぶよ」

眼鏡を持ち上げて目頭を押さえる。今時眼鏡などかけている人間は珍しいのだが、宜野座は頑《かたく》なにそのスタイルを変えない。

これも彼の遵守すべき「システム」の一つなのだろう。

眼鏡を定位置に戻して続ける。

「しょうがない……。人海戦術ができるほど人手はいないが、しばらくは廃棄区画をしらみつぶしだな……」

「廃棄区画……。やはり扇島か」

「まあ、そうなるだろ。都内にも廃棄区画はいくつかあるが、人が一人ある程度の年齢までシビュラに触れずに生活できる規模ってなると、あそこしかない」

狡噛の脳裏に、昨晩足を踏み入れた扇島の光景が浮かぶ。

あれだけの広さと深さを持った廃棄区画をしらみつぶしとは、宜野座が頭を抱えるのもよくわかる。

「狡噛お前、征陸と佐々山を使え。俺は六合《くに》塚《づか》と内藤《ないとう》を使う」

宜野座は、見事に自分の御しがたい駒をより分けて、狡噛に押しつけた。

想像はしていたが、その露骨さに苦笑が隠せない。

「なに笑ってるんだお前」

「いや」

片手で口角を押さえる狡噛の様子に、訝《いぶか》しげに眼鏡を押し上げながら、持論の展開を続ける。

「結局、被害者の身元特定なんて言って、霜村監視官は俺達を事件捜査から遠ざけたいんだよ。体《てい》のいい締め出しだ。ま、せいぜい二係の足を引っ張らないように事に当たろう」

宜野座はそう自分自身に言い聞かせるようにつぶやくと、同意を求めて狡噛に視線を送った。狡噛はその視線を受け流して、資料に目を落とす。

無機物に成りはて吊《つる》される少女の表情は、不思議と穏やかな笑みを湛《たた》えている。

「言うほど悪い状況じゃないさ、ギノ。犯人はあえて無戸籍者を狙ったんだ。ここから重要な手がかりを見つけられる可能性は高い」

「……お前、楽しそうだな」

宜野座の唐突な指摘に狡噛の思考がハタと立ち止まる。楽しそう？　そうだろうか。

「あまり、執行官達に毒されるなよ。ただでさえお前は奴らと距離を詰めすぎる。情報共有もけっこうだが。不可侵領域に踏み込むな。監視官の領分を忘れて、猟犬に成り下がるな」

たしかに、一筋縄ではいかない事件との遭遇に、狡噛の中で何かが沸き立っている。その何かを形容するならば、狩り場に放たれる前の、猟犬のような高揚感と言ってさしつかえないだろう。

「無闇なことをするなよ。霜村監視官のやり方に異議がないわけじゃないが、あの人は幹部候補生だ、わざわざ不興を買う必要もないだろう」

そう釘《くぎ》を刺すと、宜野座は会議室をあとにした。

宜野座の細くまっすぐな背中を見ながら、狡噛は「猟犬に成り下がるな」という彼の言葉を反芻《はんすう》した。

5

公安局ビル内、執行官隔離区画——執行官宿舎一〇三。

打ちっ放しの床に無造作に置かれたソファー。

その上に仰向《あおむ》けになって、佐々山はクルクルと回るシーリングファンを眺め続けていた。

どのくらいの時間こうしているだろう。

窓のないこの部屋では、時間の流れは酷《ひど》く曖昧《あいまい》だ。

ソファー横のローテーブルの天板を、電気スタンドが照らしているが、その光量は部屋全体を明るくするには頼りない。

部屋の四隅から、闇がじっと気配をうかがっている。

佐々山は電気スタンドの照り返しで微《かす》かに浮かぶシーリングファンの羽根のうち一つを、意味もなく目で追う。

一回転……二回転……三回転……。すぐにどうでも良くなって、また漫然と見続ける。

変な装置だ。天井からぶら下がってその羽根を回転させているが、真下にいる自分は微風すら感じない。執行官の宿舎に、装飾的な意匠を凝らすはずもない。ただそこにぶら下がって回転するだけの装置。

案外こうやって仕事もせずに寝腐れてる俺みたいなヤツを、バカにするために回っているのかもな、と佐々山は自嘲《じちょう》した。

ローテーブルには、幾枚もの写真が広げられている。データではなく、今時珍しい紙に印刷された本物の写真である。

佐々山はその身をソファーに横たえたまま、一枚の写真に手を伸ばした。指先でつまみ上げ、鼻頭まで持ってきて見つめる。

その写真の中で、一人の少女が笑っていた。

佐々山の指から力が抜け少女の写真がハラリと落ちる。しかし、佐々山はそれを目で追うばかりで、拾おうとはしない。

写真はしばらく宙を舞うと、床の上をすっと滑って佐々山の視界から消えていった。

再び回転するファンに目を戻し、佐々山は思う。

はやく、この写真達を処分しなくては。

急《せ》かされるようにして重い身体を無理矢理起こすと、頭に激痛が走る。飲み過ぎた。

足下に数本の空瓶が転がっている。

　昨晩任務を終え自室に帰ってきてからというもの、佐々山は自分に課したこの作業をまっとうすべくずっと写真の山を前にしていたが、進むのは酒ばかりだ。

「作業」なんて大仰に言ってみても、ようはこの写真達をダストシューターに放り込むだけなのだが、それが、何故か、できない。

　タバコに手を伸ばすと、それはすでに空で、灰皿に積み上げられたシケモクはどれも綺麗《きれい》に根本まで吸われている。

　何もかもが八方ふさがりに思える。

　再びソファーに身を投げ出そうとしたその時、インターホンが鳴った。

　舌打ちをしながら写真を掻《か》き集め、ソファーの隙間に押しこんだところで、狡噛が現れた。

「佐々山、いるんだろ」

　部屋の入り口に立つ狡噛の表情は廊下の照明による逆光ではっきりとは見えないが、彼が怒っているだろうことは簡単に想像がついた。

「何故捜査会議に来なかった」

「体調不良だって、とっつぁんから聞かなかったか？」

「体調不良の人間が、ベッドにも入らず酒かっくらってるわけか」

「酒が一番効くんだよ。ほれ」

そういって琥珀色《こはくいろ》の液体がほんの少し入った小瓶を、狡噛に放り投げる。狡噛はそれを片手で受け取ると、そのままキッチンシンクにおいた。

酒の誘惑は狡噛には効かないようだ。自分の安直な作戦が見事に失敗に終わって、佐々山は苦笑しながらため息をついた。

「情報共有が捜査にどれほど重要か、わかっていないわけではないだろう」

無断で会議を欠席した佐々山を、狡噛は正当に責める。その正当さが、佐々山の反抗心に油を注ぐ。

佐々山はわざと大儀そうに狡噛に言った。

「被害者は無戸籍者。俺達一係はしばらく廃棄区画で身元特定だろ？　違うか？」

自分の言葉に、狡噛が身をたじろがせるのがわかる。

「お前、何故それを……」

「第二の被害者発見って知らせがあった時点で、身元不明だったろ。今の時代初手で身元がわからなきゃ大体そういうことだ。ついでに――」

ゆっくりと立ち上がる。頭が痛い。アルコール臭い胃液がせり上がってくる。

キッチンシンクに向かい蛇口から直接水を飲む。傍らで、狡噛が黙ってこっちを見ている。

「ついでに、霜村監視官殿は自分の手柄にご執心。成果の上がらなそうな無戸籍者の身元特定は、俺達一係におはちが回ってきた。まあそんなところだろ。んなわかりきったこと、わざわざ会議に出張って情報共有でもねえだろ」

この男は——。キッチンシンクに顔を埋め、後頭部に流水を当てている佐々山を見ながら、狡噛は思った。

この男は、犯罪捜査における直感力・理解力は自分よりずっと優れている。

自分や宜野座が（またおそらく多くの監視官が）、与えられた情報を一つ一つ吟味し演繹《えんえき》を積み重ねて結論を得るのに対し、佐々山は直感的に必要な情報だけを拾い上げその断片からあっという間に青写真を作り上げてしまう。

これを征陸は『刑事の勘』と言い、宜野座は『猟犬の嗅覚《きゅうかく》』と言うだろう。いずれにしても、犯罪者に近い思考を持つ潜在犯だからこそ持ちうる『犯罪に関わる才能』だ。

うらやましくない、と言えば嘘になる。しかしその才能を手に入れることは同時に、潜在犯落ちを意味する。精神の健常を保つためには、どこかで一線を引かねばならない。それが宜野座の言う『絶対不可侵領域』であり、執行官の存在意義なのだ。

「なに見てんだよ」

水滴をしたたらせながら佐々山が聞く。

「あ、いや……。明日《あした》から早速聞き込みを始めるから、ブリーフィングを」

「ブリーフィング？　いいよそんなもん。聞いてまわりゃあいいんだろ？」

「そうは言うが」

「なんだよ。俺が言うことを聞くか不安か？」

そう言うとびしょ濡《ぬ》れの頭を振りながら、佐々山はソファーにボスッと身を沈める。

「そんなことは……」

狡噛も佐々山のあとを追うように、部屋の中心部に歩みを進めたが、なんとなくソファーに腰掛けるのは気が引けてそのまま立っていた。

「大丈夫だよ。お前の言うとおりに動く」

「んなこといって、お前俺の言うとおりに動いたことないじゃないか」

「そおかあ？」

ははっと笑うと、再び酒瓶に手を伸ばし、琥珀色の液体を直接口に流し込む。苦々しく顔をゆがめ口元をぬぐう様子を見ると、その液体が旨《うま》そうだとはとうてい思えない。

ストレスケア薬剤があふれかえるこの時代に、あえて酒を飲む人間の気持ちが狡噛にはわからない。もっと簡単に、手早く、安全に、心を安らげる方法があるのに、わざわざ頭痛や吐き気を誘発し、時には記憶まで失わせる酒を飲むのか。

いつか読んだ何かに、人は忘れたいことがあるときに酒を飲むのだ、と書いてあった。

佐々山は何かを忘れたいのだろうか。実際、目の前の佐々山は、昨晩の職務規定違反のことや、今日の会議欠席のことなどすっかり忘れているようだ。

酔いが回ったのか、深くうなだれて寝言のようにつぶやく。

「大丈夫だよ……」

「何が大丈夫だ。お前昨日も」

佐々山は、狡噛の言葉をさえぎって、またつぶやく。

「大丈夫なんだよ狡噛。そんときゃお前、俺を撃て」

「だからそうならないように」

「撃つんだよ狡噛」

佐々山のうなだれてあらわになった後頭部を見下ろしながら、狡噛は困惑していた。やはり妙だ。昨日から佐々山らしからぬ行動が続く。佐々山はいい加減なヤツだが、自暴自棄な人間ではない。しかし今の佐々山は全てを投げ出してリングに沈む、敗戦ボクサーのようだ。

こんなときどんな言葉をかけていいのかわからない。

狡噛の視線が何かを探すように床を彷徨《さまよ》う。もちろん、佐々山にかけるべき言葉が落ちているわけではないのだが。

言葉の代わりに、ソファーの足下に落ちている紙のようなものが目に入った。

目をこらしてみると、どうやらそれは写真だということがわかる。

そういえば昨日も佐々山は写真の話をしていた、と狡噛は思い返して首をひねる。

それまで佐々山がカメラを持っているところもファインダーを覗《のぞ》いているところも見たことがないからだ。

違和感に、思わず落ちている写真を拾い上げ、問う。

「佐々山お前、この写真……」

その瞬間、佐々山は顔を上げ、素早く手を伸ばすと写真をつかみ取った。

表情は激情に色を変え、瞳《ひとみ》は凍え鋭く光っている。

「出て行ってくれ」

写真を握りつぶしながら声を漏らす。言葉尻《じり》は懇願の体をなしていたが、それは、明らかに命令だった。

「早く」

狡噛の背後で自動扉が閉まり、廊下に施錠音が響く。

先ほどまでいた佐々山の部屋とは打って変わって明るい照明に、眼球の奥が痛む。

扉にもたれかかって軽く目を閉じ、深く嘆息した。

写真を奪い返したときの佐々山の顔が目に焼き付いて離れない。

空腹に殺気立つ野生動物のような、相対するものを脅かす表情。

また一つ、自分と佐々山の間に溝ができてしまった。その実感が、狡噛にさらに深いため息をもたらす。

それにしても、あの写真のどこに、佐々山を激情させるものがあったのだろう。

風になびく細い髪を片手で押さえながら、眉頭《まゆがしら》をハの字に持ち上げ照れくさそうに笑う少女の写真。

少し下がり気味の目尻《めじり》が、佐々山のそれに似ていた。

第三章　わるいまほうつかいののろい

1

　ふかいふかい、まほうのもりの、そのまたおくの、ふしぎなしろで、おうじさまとおひめさまは、げんきにそだっていきました。

　いっしょにくらしていたまほうつかいは、いつのまにか、きえてなくなってしまいました。

　おひめさまはおおよろこび。

　だって、おうじさまを、ひとりじめできるのですから。

　おひめさまは、おうじさまにいいました。

「ねえ、おうじさまよくきいて。なにがあってもこのしろの、おそとにでてはいけないよ」

「それはなぜなの、おしえてよ」

おうじさまはききました。

「あなたはわたしだけのおうじさま。たいせつなたからもの。たからものなら、はこにいれて、だいじにしまっておかなくちゃ」

それから、おひめさまは、けっして、おうじさまを、しろのそとへだしませんでした。

でもそれはしかたのないことです。

だっておひめさまは、おうじさまを、あいしていたのですから。

あるひ、おうじさまが、ことりをみつめていいました。

「ことりのとんでゆくさきに、なにがあるのかみてみたい」

するとおひめさまは、ことりをつかまえて、そのはねをぜんぶむしってしまいました。

またあるひ、おうじさまが、まどをみつめていいました。

「ひろいおそらが、みてみたい」

するとおひめさまは、しろじゅうのまどを、すべてふさいでしまいました。

でもそれはしかたのないことです。

だっておひめさまは、おうじさまを、あいしていたのですから。

おひめさまはこのまま、しあわせなひびがずっとつづくとおもっていました。

しかしなんということでしょう。おひめさまには、わるいまほうつかいの、のろいがかけられていたのです。

それは、おひめさまをあいするものは、たちまちしんでしまう、というのろいでした。

かわいそうなおひめさま。

おひめさまは、なきながら、おうじさまにいいました。

「ねえおうじさま、よくきいて。なにがあってもわたしのことは、けして、けして、あいさないで」

2

扇島は勾配《こうばい》が激しい。

元は平らにならされた埋め立て地だが、無秩序に建築物を積み重ねていった結果、今はどこへ移動するにも階段・梯子《はしご》は避けて通れない。その上通路にはどこもかしこもゴミが散乱していて歩きづらいことこの上ない。

扇島に漂うすえた臭いには三日で慣れたが、この悪路にはいまだに慣れない。

慣れないどころか、日を追うごとに足に疲労が蓄積し、移動はますます険しくなる。靴の買い換えを真剣に検討しようか……。すり減った靴底を見て、狡噛は思う。

「今日はもう終わりにしようや」

征陸が大きく伸びをして言う。便乗するように佐々山も「賛成デース」と手を挙げた。気がつけば勤務時間をとうに過ぎ、日もすっかり落ちた。たしかに扇島にこれ以上いても、捜査効率がいいとは言えない。それでも――

「もう少しだけいいか？」

狡噛が引き上げを渋るのにはわけがあった。

成果が全く上がっていないのだ。

被害者少女の身元特定を命じられてからすでに二週間。毎日扇島に通っているというのに、少女に見覚えがあるという人物に一度も会っていない。

このままでは、本当に霜村の思惑通りになってしまう。そんな焦りが狡噛の足を止める。

「いや、今日はもう終《しま》いだ」

征陸がたしなめるように言う。

「聞き込みってのはこんなもんだ。焦ってやるより気長に根気よくやった方がいい。情報なんざ、そのうち勝手に飛び込んでくるもんさ」

征陸の年季の入った革靴は、狡噛のそれよりさらにくたびれ、靴底がすり減っていた。

公安局刑事課一係の刑事部屋に戻った三人を、一係所属の内藤僚一《りょういち》執行官が待ち構えていた。

「もー、三人とも遅いですよー」

一係構成員の中でもっとも背の低い内藤は、ストレートヘアーの短髪を揺らしながら狡噛たちに駆け寄ると、佐々山と征陸のコートの裾《すそ》をつまんだ。三人とは言っても、彼が本当に待っていたのは佐々山と征陸の二人のようだ。眠そうに薄ボンヤリと開けた瞳で佐々山と征陸を交互に見る。

眠そうではあるが、眠いわけではない。こういう顔なのだ。

「僕今日夜勤なんですから、あんま時間ないって言っといたじゃないですか」

「狡噛がねばったんでな」

征陸の弁明に、内藤はむくれ面で狡噛を睨《にら》む。

「何か約束でもあったのか？」

「そうですよー。二係の神月《こうづき》さんも待ってたんですから」

廊下に目をやると短髪を整髪料で無造作に固めた男、二係の神月凌吾《りょうご》執行官が、こちらを覗《のぞ》き込みながら、両腕の人差し指と親指をコの字型に構え、何かひっくり返すようなそぶりをしている。

麻雀《マージャン》だ。

娯楽を極端に制限された執行官の中には、室内で手軽にできるテーブルゲームを好むものが多い。佐々山、征陸、内藤、神月は中でも麻雀を好むようで、シフトの都合が合うときを狙っては四人で勝負に興じているようだった。

「あ、わりー今日パス」

佐々山は、内藤の腕をふりほどくと、脱いだコートを机の上に丸めて置き、ことなげに言った。

「えー!」

内藤が声をあげる。

「なんでですか。四人の都合が合うの久々なんですよ? 今日逃したら、次いつ打てるかわからないんですよ? ていうか佐々山さんこの前の負け分払ってないんだから、今日打たなかったら、僕マジで請求しますよ? いいんですか? いいんですか?」

普段はわりとおっとりした語り口の内藤だが、今日ばかりはと立て板に水のようにしゃべる。負け分とか、請求とか、不穏な単語も並ぶが、狡噛はここは聞き流そうと決めた。

「あーいい、いい。払う払う。とにかく気がのらねーから今日はパス」

そう言うと佐々山はそそくさと執務室をあとにした。

廊下では、今まさに目の前で内藤がしたようなリアクションを、神月が佐々山に向かってしている。

「なんですかあれ？」

内藤はぷんすかと頬を膨らまし征陸に意見を求めるが、征陸は「んー」とか「なー？」などと実のない返答をするばかりだった。

神月が入り口から大きく身を乗り出しながら、内藤に語りかける。

「なーどうすんだよー。俺今日バキバキに麻雀気分なんだけど」

「僕だってそうですよ。えーと……」

欠けたメンツを補充しようと、内藤の視線が泳ぎ、音楽雑誌に目を落としていた六合塚弥生《やよい》執行官にとまった。

「えーと……弥生ちゃん、麻雀とかって」

「勘弁して」

内藤が誘い文句を言い終わらぬ前に、ぴしゃりとはねのける。きつく結んだポニーテールは微動だにしない。

執行官たちのやりとりを見ていると、狡噛は、彼らが潜在犯だということを忘れそうになる瞬間がある。一般人から隔離され、まるで社会の危険物かのように取り扱われている彼らも、自分となんら変わらずに余暇を楽しむのだ。

自分も早く家に帰って、今日はゆっくり休もう。

進展しない捜査に張り詰めていた気持ちが、少し楽になる。脱ぎかけていたコートを再び羽織ると、狡噛は執務室に背を向けた。そのとき、誰かが自分の腕をぐいとつかんだ。

内藤である。瞳《ひとみ》を潤ませ懇願顔で狡噛に身を寄せる。

「コーガミさん……。執行官達のストレスケアに付き合うのも、監視官の大事な役目だと思うんです、僕」


「ツモ」

「はあ？　狡噛さん、それロンです」

「はあ？」

「しかもそれフリテンじゃないですか。アガリ牌《ハイ》捨ててますよ」

「イヤちょっと待て。捨てた牌であがっちゃいけないのか？」

「あがっちゃいけないって言うかツモなら良いんですけど、ってかコレ説明しましたよね？」

「聞いてないぞ」

内藤はあきれ顔で天を仰ぐと、机上に整列する白と緑のツートンカラーの牌を大げさに引き倒した。

公安局執行官隔離区画のラウンジに、麻雀牌を交ぜるじゃらじゃらという音が響く。

狡噛は結局あのあと断る間もなく、今夜の麻雀メンツに組み込まれてしまったのだ。

麻雀——四人のプレイヤーがテーブルを囲み一三六枚あまりの牌を引いて役を揃えることで得点を重ねていくテーブルゲームだ。狡噛はこのゲームの存在は知っていたが、いざ実際にテーブルを囲んでみると、その複雑な心理戦と計算に翻弄《ほんろう》されてしまう。

「そんなにぷりぷりするな、内藤。初心者に声かけて付き合わせてんのは俺達なんだから。実際お前の説明もたいがいだぞ」

「そうだよ『とりあえず良い感じに一四枚牌をそろえたらあがりです』ってお前」

征陸と神月のフォローがいたたまれない。

「えー。そうですかねー。だって狡噛さんですよー。監視官のエリートですよー。そのくらい言ったらなんかわかりませんかね」

「無茶言うなお前。ねえ狡噛さん」

征陸・内藤・神月の三人は歓談に興じながらも手をよどみなく動かし、牌を積み上げていく。その手際の良さに目を奪われているとすかさず内藤の指導が入る。

「狡噛さんも、早く牌積んでください」

「ああ……」

内藤に促されるままに牌を積む。

奇妙なゲームだと思う。ゲームスタートまでに手間がかかりすぎるのだ。

一七個の牌を数えて並べ、それを二段に積み上げ山を作る。さらに四方に積み上げられた山から、各プレイヤーに手牌が割り振られ、ようやくゲームをスタートすることができる。

一般的なコンピュータゲームであればこんな手間はかからない。

いくら娯楽が極端に制限されているとはいえ、全てのコンピュータゲームが規制されているわけではない彼らが、あえてこの手間のかかるゲームに興じる意味が狡噛にはよくわからなかった。

しかし、対戦相手と面と向かい、直接牌を見、触れる行為が、オンラインゲームとは違う高揚感を与えることは、ほんの数分の経験ながら何となく理解できた。

その高揚感のせいか、征陸も内藤も普段より饒舌《じょうぜつ》な気がする。係の違う神月に関しては何とも言えないが、彼もきっとその例外ではないだろう。

狡噛自身も、目の前にある牌を指先で弄《もてあそ》んでいると、心なしか舌先が軽やかになっていくように感じていた。

内藤が手元の牌をかちかちと鳴らしながら口を開く。

「ぶっちゃけどうですか、狡噛さんたちの方は。なんか手がかり摑《つか》めました？」

「いや……情けない話だが」

「ですよねー」

そう言いながら、手持ちの牌を一つ捨て、言葉を続ける。

「実際問題無理でしょう。思春期までシビュラから隠れ続けた無戸籍者ですよ。それを今更身元特定なんて」

まるでゲームの手順かのように、征陸がその言葉に続く。

「いや、逆に言やぁ、そんだけ扇島に根ざしてた人間だってことだ。根気強く調査を続けりゃ、必ずなんらかの情報に行き当たる」

「根気強くって言ったって、征陸さんの時代みたいに捜査員が何万人といるわけじゃないんですよー？　たった六人で根気強くって、何年かかるんですか。どーせその前に二係が犯人つかまえますってー」

「や、それもどーかねえ……」

今度は神月が口を開く。

「うちの大将も鼻息だけは荒いんだけど、いかんせん捜査が進展しなくって」

「まじですかー」

「基本的には例の薬剤の線からあたってんだけど。医療関係、化学関係一切情報無し。現場周辺の街頭スキャナーにもそれらしい人物の形跡が残ってないもんだから、まー八方ふさがりだよねー。案外、一係さんが頼みの綱かもよ？」

そう言うと神月は狡噛にちらりと目配せした。順番に手持ちの牌を捨てていくように、順番に発言するのがこの場のルールのようだ。

狡噛は目の前の牌に視線を落として考え込む。

犯人は魔法使いじゃない。それならば……必ず痕跡《こんせき》があるはずなのだ。犯人の悪意の痕跡が。

「犯人の目的は何だ……」

狡噛の言葉に、三人の執行官が顔を見合わせる。

「とっつぁんも言ってただろ。なかなかおつなことをするって。賄賂《わいろ》疑惑議員の肛門《こうもん》に海馬を突っ込み、無戸籍少女をアイドルステージに祭り上げる……。わざわざリスクを冒してまでこんなことをする理由……」

思考に黙り込む狡噛をよそに、征陸と内藤が続く。

「私怨《しえん》じゃねえのは確かだな」

「そうですね」

二人の確信めいた発言に目を見張る。

「何故そう思う」

「私怨を晴らすためだけだったら、わざわざこんなめんどくさいことしませんよー。それこそ廃棄区画の闇に紛れてグサリ。あとは犬にでも喰《く》わせますかね。僕ならそうします」

いたずらに微笑む内藤の、重たげなまぶたの奥が鈍く光っているのに気がついて、狡噛は薄ら寒くなる。

「自己顕示欲だろうな……」

征陸がぽつりとつぶやく。

「なんかアピールしたいことがあるんだろ。そうじゃなきゃあんな目立つ方法とらねえ」

征陸の言葉に、さらに内藤と神月が続ける。

「まず先にアピールすべき事柄があって、そのために殺人がある感じですかねー……」

「社会的メッセージの線かね……。賄賂撲滅？　廃棄区画解体反対……とか？」

「その割にはー、廃棄区画の住人だったであろう少女を血祭りに上げてますけどねー」

「いまいち趣旨が一貫してねぇな」

「手口は一貫してますけどねー」

「一つ一つの事件にっつーより、連作であるところに意味があるのかもしれねぇな」

「連作か……。芸術家気取りですねー」

「犯人は芸術家気取りの、政治犯ってとこか」

「さらに言えば、青二才」

「若いってことですかー？」

「何かのために費やせる労力ってのは、年々減ってくもんだ。お前さんたちにゃわからないかも知れないがな」

「うーんたしかにそうかも」

三人の執行官達はまるで麻雀の手を進めるかのような軽やかなテンポで犯人像に迫っていく。

狡噛は三人の執行官の顔を見回して、なるほどと思った。

執行官達はこんなふうに、普段から係の区分を超えて事件の所感について語り合っているのだ。

職域にとらわれ、自らのサイコ＝パスの健康に気を配り、会議で提示されるデータを客観的に判断し職務にあたるだけの監視官とは違う。

自らの有機的思考で犯人に迫り、またそれを仲間と共有する。そうやって執行官達の捜査に対する優れた嗅覚《きゅうかく》は培われているのだ。

犯人の犯罪心理に寄り添うことで捜査の青写真を描く方法は、すでにサイコ＝パスの濁った彼らにのみ許された行為である。もちろん、職務規定上常人以上に健常なサイコ＝パスを求められる監視官にとって、この行為は忌避すべきものだ。

執行官は監視官にとって、盾であり、矛なのだ。

そして、その盾と矛を過不足無く利用することが、監視官に求められる職務なのである。

だとすれば——狡噛の脳裏に、先ほどの刑事課執務室をあとにする佐々山の後ろ姿がよぎる。

およそ自分は及第点に達していないだろう。

ここ二週間、佐々山とまともに会話していない。今目の前で繰り広げられたような有機的な思考の発展は、自分と佐々山の間では成しえなかった。

ただ現場を連れ回し、自分の言うとおりに聞き込みをさせ成果を報告させるだけ。佐々山はこのところ珍しく「お前の言うとおりに動く」という言葉通り自分に従っていたが、それだけではせっかくの盾と矛を闇雲に振り回しているに過ぎない。

以前から佐々山と自分の関係はこうだっただろうか。そんなはずはないと思いながらも、その問いを否定しきれない自分がいる。

しかしだからといって、自分に何ができるというのだろう。

監視官と執行官をつないでいるのは職務だけである。

執行官にそれ以上の関係を求めるのは、自らのサイコ＝パスを危険にさらすことでもある。

今こうやって執行官達の余暇に付き合う行為さえ、宜野座が見れば途端に顔をしかめるだろう。

それでも今夜、狡噛が彼らに付き合ったのは、そこから何か佐々山との関係構築のヒントを得られるかもしれないと思ったからである。

しかし結果は、監視官としての自分の無力さを再認識させられただけだ。

「チュンビーム」

狡噛の正面に座る内藤が、急に声をあげ牌《ハイ》を切った。

狡噛が思考に沈んでいる間に、ゲームはすっかり進んでいたようだ。

執行官達はすでに犯人に思い馳《は》せることをやめ、自分の手牌をそろえることにその全神経を注いでいる。殺人犯の話と麻雀を同じ机上で語れるのも、彼ら執行官の特異性と言って良いだろう。

狡噛が「チュンビーム」という聞き慣れない言葉に驚いて内藤を見つめると、彼は不満げに口を尖《とが》らせている。

　神月が笑いをかみ殺し、肩を震わせながら言う。

「狡噛さん、チュンビームっすよチュンビーム」

「は？」

「向かいの相手に、『中』って書いてある牌を切られたら、撃たれたふりするんすよ、グアーって」

「はあ？」

　ビームだの撃たれるだの、このゲームにそんな狙撃《そげき》要素が存在しただろうか。怪訝《けげん》そうな狡噛に、もはや笑いをこらえきれなくなった神月は、肘《ひじ》で必死に表情を隠しながら説明を続ける。

「だからね……この……『中』の縦棒から……ビームがでるんすよ……ビーって……だから……向かいの人は……ビームに撃たれちゃうんす……ぶっ」

　ついには大声で笑い始めた。

「それもルールなのか？」

　真面目に問いかける狡噛がさらにツボに入ったのか、神月は地団駄を踏んで笑い続けている。困惑顔の狡噛に、哀れみの表情を浮かべながら征陸が注釈を入れた。

「くだらない冗談みたいなもんだ、麻雀やるときのお決まりのな」

わけがわからない。

「あーもうやっぱり狡噛さんじゃ駄目ですねー。佐々山さん呼んできます僕ー」

しびれを切らして内藤が立ち上がり、住居区画へ消えていった。

自分から誘っておいてその言いぐさはないだろう、しかもなんだかよくわからない冗談に乗れなかったからといって。そんな腹立たしさも勿論《もちろん》あるのだが、なんとも言えない敗北感もある。そしてその妙な敗北感がさらに狡噛を苛立《いらだ》たせる。

「メンツがそろうなら、俺はこれで……」

「コウ、まあちょっと待て」

さっさと立ち上がりその場を去ろうとする狡噛に、征陸が声をかけた。

狡噛はわざと憮然《ぶぜん》とした顔で振り向く。

「なんだよとっつぁん」

「お前もう少しここにいろ」

「なんで」

「お前、最近光留と話してないだろ」

この初老の刑事は佐々山のことを光留とよぶ。

それはおそらく征陸が佐々山に一定以上の信頼を置いている証《あかし》だろう。

実際一係の中で、佐々山と征陸の付き合いは、誰よりも長い。そんな征陸に、佐々山との関係をずばり指摘されると、何だか同級生の肉親にお説教されているような居心地の悪さがあって、狡噛はただ黙るしかない。

「コウ、こうやって一つ机を囲んで手を動かしてると、普段言わないような言葉が不意に飛び出すもんだ。伸元もだが、お前もたいがい真面目だからなぁ。職務中にそう砕けた会話もできないだろう？　もうちょっとここにいて佐々山と話してけ」

まさに親心、というような征陸の気遣いが気恥ずかしい。

しかし「一つ机を囲んで手を動かしていると言葉が出やすい」という言葉には、狡噛も納得できる。

もしかしたら佐々山との関係を好転させる良いきっかけになるかもしれない。

狡噛は幾分か素直な気持ちで腰を下ろした。

居住区画へと続く廊下の奥から、聞き馴染《なじ》みのある佐々山の悪態が聞こえる。

なんだよーとか、ねむいんだよーとか、大体そんなことを言っているようだが、それでも強引に誘われれば来るあたり、佐々山らしい。

「なんだよ狡噛、お前カモにもならないって？」

狡噛をにやにやと見下ろして軽口を叩《たた》いてから、先ほどまで内藤が座っていた席に座る。

むっとしながらも、佐々山の態度に安堵《あんど》している自分もいる。こんなふうに佐々山と正面で向き合ったのはいつぶりだろうか。

「わーい。コレでいつものメンツですねー。じゃあ、狡噛さんありがとうございました ー」

と狡噛に離席を促す内藤を征陸が手で制する。

「ああ、内藤、お前今日は見学な」

「えー！」

「無理矢理引っ張ってきて、はいご苦労さんはねぇだろ。今日はコウに麻雀《マージャン》を仕込むことに決めた俺は」

内藤はその小柄な身体を精一杯引き伸ばしながら抗議を続けているが、刑事課の重鎮を前にその声はむなしく跳ね返されるばかりだ。

二係の神月は、我関せずといったふうに手元の牌を弄《もてあそ》んでいる。

「いいだろ光留」

佐々山が一瞬沈黙する。その沈黙が、狡噛の耳に痛い。

「まあ、カモになる程度にまでは醸しますかね」

そう言うと佐々山は人を食ったような顔でニヤリと笑った。

再び、執行官隔離区画のラウンジに、麻雀牌を交ぜるじゃらじゃらという音が響く。

「いいか。麻雀ってのは自分の手牌をそろえるゲームだが、だからって自分の手牌ばっか見て一喜一憂すんな」

　まだ火の付いていないタバコを口端でくわえながら、佐々山は、あっという間に牌を積み上げる。当然狡噛より遥《はる》かに早い。

「最近の連中は本物の牌を握るってことをしない。オンラインでどれだけリアルに対戦していようが、本当の勝負ってのは相手と顔を突き合わせて、目で耳で鼻で卓の雰囲気を読み取ってするもんだ」

　そう言うと佐々山は片手で手早くタバコに火をつけ、一口目を深く吸い込むと勢いよく煙を吐いた。

「見るべきは、人だ。狡噛。相手の表情、目線、息づかいや発言の変化。そういうのを見て、相手の狙いを読むんだよ。そうすりゃ自《おの》ずと、自分の進むべき道が見えてくる」

「んな偉そうなこと言って、佐々山さん前回僕にゴリゴリに振り込みましたけどね！」

　内藤の突っ込みに、神月が「ちげーねー」と肩を揺らす。

　佐々山はバツが悪そうに内藤をこづくと、再びタバコを深く吸い込んだ。

　見るべきは、人。その言葉通り、狡噛は目の前の佐々山を見つめる。

今、何かを、話すべきなのだろう。

征陸もそのために自分をこの場に引き留めたのだ。それはわかっているのだが、いざとなると何を話せばいいのか、もやもやとしたものが頭に浮かぶばかりで、何一つ具体的な言葉にならない。

手元の牌《ハイ》に目を落とす。種類も何もバラバラで、何をどうしたらあがりになるのか、皆目見当が付かない。まるで自分の思考とシンクロしているようで、面白くない。

「おい。だから自分の手牌ばかり見るなって」

佐々山の言葉にもう一度目を上げる。

「なら、何を見ればいい」

「だから人だって」

「人を見られない場合は、何を見ればいいのか聞いてるんだ」

「そんな場合はねぇ」

「は？」

「そんな場合はねぇ。そういうときはたいがい、てめー自身に、人を見る気がないんだよ」

狡噛は自分の顔がカッと熱くなるのを感じた。これまでの自分の佐々山にまつわる逡巡《しゅんじゅん》を、全て否定されたような気がしたのだ。

手牌を伏せて立ち上がる。

「悪いが、今日はこれで帰らせてもらう」

征陸が止めるのも聞かずに、狡噛はその場を去った。

第四章　ふたりのおしろ

1

大切なものは、自分の手元には置かない。

これが、佐々山の流儀だ。

幼児期に買ってもらった飛行機のおもちゃは、大切に持ち歩いているうちに鞄《かばん》の中でその羽根が折れてしまったし、生涯の相棒にしようと拾ってきた子猫は、触りすぎたストレスで三日で死んだ。

自分には何かを大切にするという才能が無い、佐々山は幼くしてそれを悟った。

それからは、自分が少しでも心惹《ひ》かれるものには距離を持って接するようになった。

手に入れられない悲しみよりも、手に入ったものが失われる悲しみの方が、何倍も鋭く深く心をえぐることを佐々山は知っている。

はなから何も手にしないことこそ最良の処世術なのだ。

その点において、佐々山は執行官の生活に満足していた。

社会から隔離され厳しい制限を受ける執行官という立場は、佐々山自身を大切なものたちから遠ざけてくれる。

なんという、優しい牢獄《ろうごく》。揺りかごに似た、棺桶《かんおけ》。

佐々山は扇島深部の、排気ダクトが無尽蔵に這《は》い回る地下通路を歩いていた。

時刻はすでに午前〇時を回ろうとしていた。

もう何度目の訪問になるだろう。いまだこの巨大な迷宮はその全貌《ぜんぼう》を明らかにしない。

廃棄区画といえども、この規模のものになると独自に経済活動が形成される。島内には何ヶ所か繁華街が存在し、住民たちはその周辺に居を構えるのが一般的だ。

捜査開始当初、佐々山たちはそれらの繁華街を中心に聞き込みを続けたのだが、一切成果が得られなかったため、結局は全島しらみつぶしという方針をとらざるを得なくなった。

住民登録情報の無いこの場所では、どこに行けば聞き込むべき相手に接触できるか見当も付かない上に、何十年も上書きされていない地図のおかげで、自分の位置さえ把握できない。

佐々山は、自分が巨大な化け物の臓物にすっかり飲み込まれてしまったような感覚に襲われる。

定期的に入ってくる狡噛と征陸の動向からすると、二人もたいがい手を焼いているようだ。

すり減った靴底から、何が混じっているのかわからない排水がじんわりと染みこんでくる。この排水に濡《ぬ》れているうちに、自分までとんでもない化け物に変身したりして、などというくだらない妄想で思考を弄ぶ。

「執行官なんてやってる時点で、じゅうぶん化け物だよなぁ……」

佐々山の独り言が排気ダクトに低く反響し、暗闇の奥へ吸い込まれていく。

ズボンのポケットからつぶれたタバコを取り出し火をつける。

苦く刺すような煙を深く飲み込み、指先に灯《とも》る赤い光をみつめる。

妙な既視感がある。

執行官隔離区画の薄暗い自室で、当てもなく煙の行方を目で追っているときの感覚。

この場所もまた、優しい牢獄なのだろう。

世の中の何もかもから捨てられたこの場所は、世の中の何もかもを捨てたい人間にとっては、最上の楽園なのだ。

いや、捨てたい、というのは適当ではないか。佐々山は自分の考えに頭を振る。

捨てたかったわけではない、捨てられたかったわけでもない。

ただ、自分の側にそれがあるのが辛《つら》い。いつかそれが自分の側から離れていくのではないか、壊れてしまうのではないか、その恐怖に耐えきれなくなったとき、人は孤独に安住するのだ。

この場所は、孤独の住処《すみか》にふさわしい。

そう思うと途端に足が重くなる。なんならこのまま扇島の深部に沈み込んでしまっても良いような気さえしてくる。

暗く落ち込む思考の端で、佐々山を呼ぶ声がする。

左腕のデバイスが佐々山に語りかける。

『佐々山、今日はもう上がりだ。三〇分後にCエリア2で落ち合おう』

執行官にはめられたリードはそう簡単に外れない。

佐々山は大きく息をつき、煙が流れて行く方向に向かって歩き始めた。

投げ捨てられたタバコが濡れた地面に落ち、ジュッと音を立てた。

2

無数の鉄骨に覆われた夜空に、人々の喧噪《けんそう》がこだまする。

時刻はすでに午前〇時を回っているというのに、人々は露店に群がり、その熱は冷める気配がない。

あらゆる場所で火がたかれ、そこここからもうもうと白い湯気がたちのぼり、様々な食べ物の臭いが漂う。路上に広げられた店舗には、皿を持った人がたむろし、硬貨と引き替えに我も我もとおかわりをねだっている。

まるで時代小説ね……。

露店の喧噪を古いビルの外付け鉄骨階段の上から見下ろしながら、瞳子はそう思った。

オートメーション化された飲食店に慣れた瞳子にとって、むき出しの炎で調理された食べ物も、それをリアルマネーで求める人々も、時代小説の中に出てくる創作物のように現実味がない。

しかし目の前で繰り広げられている光景、鼻腔《びこう》をつく食欲を誘う香り、空腹に鳴く腹、それら全てが現実なのだ。

藤間のあとをつけて、初めて扇島に足を踏み入れてから、そろそろ一ヶ月が経つ。

あれからも、毎週末藤間は教員宿舎を抜け出し、瞳子はそれを追って扇島を訪れたが、何度来てもこの場所の有様には驚かされるばかりだ。

ホログラムではないネオン、すえた臭いのする人々、片付けられる気配のないゴミ、普段瞳子が身を置く画一化された美しい世界とは対照をなすそれらの風景。

足下には防寒具に身を包む人々の流れゆく様が見える。

着ているものは皆、どこからか拾ってきたものなのだろうか。どれもこれもそこはかとなく薄汚れて、コーディネートはちぐはぐだ。しかし、それを気にするものはいない。

ここにいるのは皆、シビュラによって保護された安全で豊かで美しい世界から抜け出してきた人々だ。

彼らには彼らの価値基準があるのだろう。

瞳子には想像も付かないけれど。

こんな世界があるなんて、ほんの一ヶ月前は思いもしなかったのに。

いつしか瞳子は、自分の価値観を揺さぶるこの街の景色に夢中になっていた。

今となっては、藤間のあとを追うのと同等に、この風景の中に身を置くことも瞳子の楽しみの一つだ。

恐らく藤間も、この街の魅力に取り憑《つ》かれているのだろう。

だからこそ毎週足を運ぶに違いないのだ。

だとしたらやはり、自分と藤間の精神は共鳴するところが大きい。自分の精神のどこかに、必ず藤間に通じる道筋がある。

これを、幼い思い込みだと人は言うだろうか。

年の瀬の夜風が、むき出しの膝小僧《ひざこぞう》に染みる。タイツではなくハイソックスをはいてきたことを後悔しながら膝をさすると、瞳子はファインダーを覗《のぞ》いた。今夜も、扇島に足をふみ入れた瞬間に、藤間のことは見失ってしまったけれど、この場所が藤間の心に近い場所だという確信が、瞳子を奮い立たせる。

ファインダー越しの世界の中を、人々が行き交う。

その中に瞳子の目を惹《ひ》く男がいた。

誰もがうつむきがちにそぞろ歩く中で、その男だけは凜《りん》と背を伸ばし、まっすぐに前を見つめて歩いていた。くすんだ色彩に沈む街で、彼の銀髪は美しく輝き、その存在感は小石にまぎれた水晶のように光を放つ。

思わず、シャッターを押す。

一枚。

ピントが合っていないかも知れない。カメラを構え直しているうちに、人の流れは容赦なく彼を運んで行ってしまう。

もう一枚。

小さな電子音が鳴る。そのとき、銀髪の男が立ちどまり、ゆっくりとこちらを見た。

まさか、自分が写真を撮っていることに気がついたのだろうか。シャッター音を聞かれたか。しかし、瞳子とその男の間はゆうに三〇メートルは離れている。その状況で、この喧噪の中、小さな電子音が彼の耳に届いたというのか。

そんなバカな、とは思うが、男の視線は明らかに瞳子に定まっている。

慌ててカメラをおろす。

それでも男は、瞳子を見つめ続ける。

その銀髪は朧月《おぼろづき》のように柔らかく発光し、色素の薄い瞳は、この距離からでもわかるほど、周囲のネオンの光を集め複雑に輝いている。

美しい男だ。

できることならもう一度、彼をファインダーに収めたい。そんな想いが瞳子の胸中にむくむくと沸き上がる。

頼んだら、撮らせてくれるだろうか。先ほど無断で撮ってしまった非礼を詫《わ》び、きちんとお願いしたら。しかし、いくら美しくても、扇島に出入りしている男である。藤間とは違って身元が明らかでない男と、そこまでの関係をもって良いものだろうか。

瞳子が逡巡《しゅんじゅん》しているうちに、男はゆっくりとこちらに向かって歩いてくる。

口元には微笑みを湛《たた》えているが、何を考えているのかは全くわからない。無断撮影を咎《とが》めるためにこちらに向かっている可能性も十分にある。このまま何食わぬ顔でこの場を立ち去った方が良いのかも知れないが、なぜか男から瞳をそらせない。

高速回転する自分の思考に足がすくむ。

二人の間の距離が縮んで行く。

一五メートル……一〇メートル……五メートル……。

瞳子のいる外付け階段に、男はゆっくりと足をかける。

もう、その銀髪が、瞳子の手に届きそうな位置にまで迫っていた。不思議な、甘く少しすえたような香りが漂ってきて、瞳子は目眩《めまい》を感じる。どこかでかいだことのある香り。

瞳子の脳裏に藤間の姿が浮かんで、ジンとその身体を痺《しび》れさせた。

「おい」

その時、背後からいきなり肩をつかまれた。

あまりの驚きに悲鳴をあげて振り返ると、そこにはいつぞや自分を補導した、短髪の刑事が立っていた。

「まーたこんなところに出入りして。こりねぇなーお前も」

瞳子が口をぱくぱくさせているうちに、銀髪の男は二人の横を通り過ぎていった。

やはり、目があったと思ったのは気のせいだったのだろうか。それとも短髪の男に気を遣って、声をかけるのをやめてしまったのだろうか。

華奢《きゃしゃ》な後ろ姿を見送っていると、ホッとする反面なんだかものすごく惜しいことをしたような気がしてきて、目の前の男に怒りがこみ上げてくる。

「何すんのよっ!! 今せっかくあの人にっ――――!」

言い終わらないうちに、短髪が鋭い視線を瞳子に向けて問いかけた。

「お前……今のヤツに何もされなかったか?」

わけがわからない。世の中の男が皆、自分と同じように野蛮だとでも思っているのだろうか。

「はぁっ?! わけわかんないっ!」

慌てて短髪の背後を目で追うが、すでに先ほどの男の姿は無かった。


イヤな汗が、佐々山の背中をつたう。

鼓動が速まり、皮膚は粟立《あわだ》つ。本能が危険を感じている。

今、自分と瞳子の横を通りすぎていった銀髪の男からは、明らかに血の臭いがした。

それも一人ではない何十人もの、人間の血の臭い。

いや、実際に鉄臭いとか、腐敗臭がするとかそういうことではない。男はこの街にはふさわしくないほどに清潔な身なりをしていたし、実際には無臭だった。

しかし、猟犬の嗅覚《きゅうかく》が、男に死の臭いをかぎつけたのだ。

今すぐ追いかけていってドミネーターを向けても良いのだが、目の前の瞳子の存在が佐々山にそれを留《とど》まらせた。今日の瞳子は、前回出会ったときとは違い制服の上に厚手のコートを羽織っている。だから、廃棄区画内でセーラーカラーが翻るという特異なことにはならないが、それでも彼女の若さとか、美しく整えられた黒髪がここの住人たちの目を惹かないとは言えない。

もちろん、ここの住人たちが皆欲に塗《まみ》れた野蛮人かというと、そうではない。むしろこの街の外で生活している人間たちよりもよっぽど慎ましいということを、佐々山はここ数週間の聞き込みで実感していた。そうであっても……。人間の欲がいつどんな形で暴走するかなんて誰にもわからないのだ。

実際問題、先ほどの銀髪男のような人間が出入りする、それがこの街の偽らざる姿である。そう思うと、今瞳子の側を離れるのは気が引ける。

「お前ねー、あんまこういうとこうろつくなって。こないだ俺言ったよね」

後頭部を掻《か》きながら言うと、瞳子は唇を尖《とが》らせてそっぽを向いた。一六歳という年齢の割には幼い抗議の態度に、思わず口角が緩む。

「なに笑ってんのよ」

「いやべつに……」

「キモイ」

不思議なもので、若い女から発せられる「きもい」という言葉には、なんとも言えない攻撃力がある。佐々山もみぞおちあたりをつかれたような思いがして、ぐっと息を漏らす。

「キモイとか言わないでくださーい」

「キモイもんはキモイじゃん」

「なんだてめー。逮捕すんぞ」

佐々山が緩く拳《こぶし》を持ち上げると、瞳子はギャーギャーとわめく。一挙手一投足に対する反応がいちいち大きくて、なんだかそういうおもちゃみたいだ。

そういえば、初めて瞳子にあったときも、彼女のことを新しいおもちゃみたいだと思ったのだった。再会に少しばかり気分が高揚する。

「っていうか、そこどいてよ！　写真撮りに行くんだから」

瞳子の言葉に高揚していた気持ちが途端に冷めて、佐々山は彼女の右腕を強くつかんだ。

「ったー！」

「写真ってお前……さっきの男か？」

「なんでもいいでしょ」

絶対に駄目だ。

「絶対に駄目だ」

「はあ？」

「知り合いか」

「ちがうけど」

「なら金輪際一切あいつに近づくなよ」

「なんで——っていうか、痛いんですけど」

自分で思っていた以上に強く瞳子の腕をつかんでいたらしいことに気がついて、佐々山は慌てて手を離す。

なんで、と言う彼女の問いに答えるのは難しい。血の臭いなんてことを言っても、理解できるはずがないし、何より無知な瞳子にとってその言葉が、あの男に対するさらなる興味を呼んでしまう可能性もある。

「あんなひょろ男より、俺の方がずっといい男だろ？」

とりあえずそんなところでお茶を濁した。

「はあ？　バカじゃないの？」と言いながら自分の腕をさする瞳子に、すでにあの男を追う意志がないことを確認すると、佐々山は一息つく。

「ていうかお前、ここで俺にあってそのまま写真撮ってられるとか思うなよ？」

瞳子の動きが止まり、上目遣いで佐々山を見る。

「やっぱり……？」

だ。


「たりめーだ！　補導だ補導！」

途端に瞳子は佐々山に取りすがって懇願する。

「えっやだやだ！　お願い見逃して！」

鼻頭を赤く染め、瞳を潤ませているが、その必死の表情がある種のパフォーマンスであることは明白だ。その程度で大人の男を籠絡《ろうらく》できると思っているあたりが、愚かだ。


「おねがい！　次補導されたら、私謹慎になっちゃう！」

「謹慎結構。お前みたいなお転婆は謹慎食らってちょうどいいくらいだろ」

そう言うと先ほどよりは優しく、瞳子の腕をつかんだ。そのとたん、瞳子は身を翻して佐々山の腕を払いのけ、階段を駆け上がる。

「おいバカッ！」

振り返るとちょうど目の前を、瞳子の白い太ももが登っていく。ここで目を逸《そ》らすほど佐々山は初心《うぶ》ではないが、かといってむやみにその足に飛びつけるほど無遠慮でもない。両手を行き場なく宙に浮かせたまま、佐々山はとりあえず瞳子のあとを追った。

段差の関係で、常に瞳子の臀部《でんぶ》が佐々山の目の前で揺れる形になる。こうなるともはやどこをどう摑《つか》んでいいのかわからない。

「ついてこないでよ！」

「いやそういうわけにもいかねーんでな」

「てか、どこ見てんのよ！」

「ケツだケツ！」

「変態！」

「うるせぇ！　階段を降りなかった自分を責めろ！　俺は悪くねぇ！」

冬の寒空に二人の階段を駆け上がる足音が響く。

女子高生の脚力が、現役刑事のそれにかなうわけもなく、延々続く上昇運動に瞳子の足はすぐにもつれ始めた。全力疾走に向かない瞳子の硬いローファーの片方が脱げ、鉄骨階段の隙間から地面へ向けて落下する。

「あっ――」

ローファーを目で追う仕草が瞳子の体勢を崩れさせ、勢い後方に倒れかかる。

佐々山は瞳子の細い腰を片手で抱き留めた。

「はい、ゲームオーバー。おとなしく帰りましょうかね、お嬢様」

気の強い瞳子のことだ、すぐにでも佐々山に罵詈雑言《ばりぞうごん》を浴びせ反撃するかと予想したが、それに反して、瞳子は黙ってうつむき肩を震わせていた。

「おい……。どーしたぁ？　大丈夫かよ」

佐々山の問いかけにも答えない。こりゃ、泣いてるな……と、イヤな既視感が襲う。佐々山の経験上、黙って泣く女は、見渡す限りの地雷原と同じぐらい質が悪い。どこに足を踏み入れてもたいがい爆発する。

佐々山はこれ以上ない慎重さで、瞳子の震える肩に手を置き、ゆっくりとその顔を覗《のぞ》き込んだ。その瞬間、

「何よっ！」

瞳子が怒号とともに、佐々山のみぞおちに正拳《せいけん》を食らわせた。

「どぅおっ!!」

所詮《しょせん》女子高生の繰り出す一発だが、完全な不意打ちだったためそれなりの衝撃がある。痛みと驚きに口をぽかんと開けながら瞳子の顔を見ると、そこには涙一滴の影もなく、ただ二つの丸い瞳が、憤りに光っていた。その輝きに佐々山は再び高揚する。

うまく不意を突けたと思ったのか、瞳子は今度は階段を駆け下りようと佐々山の体《たい》躯《く》を押しのけるが、勿論《もちろん》佐々山もそれを見逃すようなことはしない。

「はい、公務執行妨害確定ね」

と、瞳子の首根っこをつかんだ。

公務執行妨害などという概念は、ドミネーターによる犯罪捜査が一般的になってからは廃れてしまってはいたが、その仰々しい響きは無知な女子高生一人震え上がらせ

るには十分な効力があったらしい。

「し、死刑……？」

母親に運搬される子猫のようになった瞳子が、ゆっくりと顔だけを佐々山に向けて聞いた。

その問いの幼さに、言いようのない郷愁が沸き上がり、思わず表情がほころぶ。

もう少し、この少女の無知な怯《おび》えを堪能《たんのう》したいと厳《いか》つい表情を保とうとするのだが、堪《こら》えきれずついには声を立てて笑う。膝《ひざ》に力が入らず、鉄柵《てっさく》に身を預け、それでもなお笑いは収まらない。視界の端に瞳子の怪訝《けげん》な表情を確認しながらも、佐々山は沸き上がる笑いを止められなかった。

自分の止めどない笑い声に戸惑いさえ覚える。なにしろ佐々山はここ一ヶ月、ほとんど声を出して笑うということをしていなかったのだ。

あの知らせを受けてから、とてもじゃないがそんな気分にはなれなかった。

しかし今自分は、笑っている。そのことに自己嫌悪さえ感じているというのに、それでも外れてしまった感情の箍《たが》を、再び締めることはできない。

目頭に熱い液体が沸き上がってくるのを感じて、佐々山は慌てて顔を伏せしゃがみ込んだ。

この液体がなんなのか、今は考えたくない。

く。

「ねえ……大丈夫？」

急に体勢を変えた佐々山を訝《いぶか》しんだのか、瞳子も隣にしゃがみ込み佐々山の顔を覗

瞳子の丸い膝の上に乗っかった柔らかい頬は、冬の風にさらされまるで食べ頃の果物のように赤く染まり、その表情にはすでに、自身の裁定の行方に対する不安は存在せず、ただ佐々山への気遣いがあるだけだった。

その眼差《まなざ》しに、再び熱いものがこみ上げそうになるのを必死でこらえながら、佐々山は瞳子の頭を二回、優しく叩《たた》いた。

「なんでもねぇよ」

「あっそう……」

「あと、死刑にはならねぇから安心しろ」

「そ、そうなの……」

自分の取り越し苦労に気づいたのか、瞳子は視線をうろつかせながらも平静を装う。

佐々山はその様子を、素直に、可愛らしいと思った。

「ほれ」

コートを脱いで、瞳子に差し出す。

「なに？」

「それ腰に巻いとけ。パンツ見えるぞ」

「はあ？」

「おぶってやるから。それじゃあ歩けないだろ？」

瞳子の靴の脱げた片足を、顎《あご》で指す。

「いい……。私重いし……」

「何キロ」

「は？　言うわけないじゃん」

「いいから乗れ、ほら。小太りの女子高生一人くらいどってことねえから」

瞳子のローキックを受けながら中腰に立ち上がると、彼女に背を向ける。瞳子は、佐々山の背中を見つめ、ただ黙っていた。

もはや、補導に対する抵抗は無駄だということを、瞳子はわかっているようだった。しかし、それでも、抗《あらが》いたい気持ちが彼女を石のように黙らせている。その葛藤《かっとう》が手に取るように伝わってきて、佐々山の胸中に憐憫《れんびん》の情を湧かせた。

彼女に、何か、伝えなくては、と思う。

職務上の必要に迫られたわけでも、青少年健全育成という社会通念に突き動かされたわけでもない。ただ、今目の前にいる、無知で、純真な存在が、なんらかの過ちのために傷つくことが、今の自分には耐えられないという予感があった。

佐々山はゆっくりと上体を起こし、瞳子を見据える。

瞳子ぐらいの年齢の人間に、嘘や、打算は禁物だ。ただ必要なことを、必要なだけ伝えるのがいい。佐々山は自身の、まっとうとは言えなかった思春期に思いを馳《は》せながら、慎重に言葉を紡ぐ。

「俺も、お前がただの潜在犯なら見逃すさ。でも、違うだろ？　お前は潜在犯でもなんでもない。ただの健康な未成年だ。そういう奴が、わざわざサイコ＝パスを曇らせようとするのを見過ごすほど、不真面目じゃないんでな」

思っていたよりずっとぶっきらぼうな物言いになってしまったことに、自分の不器用さを呪う。過去自分に接してきた大人たちも、こんなふうに思いあぐねてきたのかと思うと苦笑を禁じ得ない。次の言葉を探して視線を泳がせていると、瞳子のほうが口を開いた。

「でも……」

「ん？」

「何かを犠牲にしてでも、手に入れたいものって、あるでしょ……？」

犠牲という言葉と、少女の幼さはあまりにも釣り合わない。幼い彼女はまだ、自分の価値を自分で計れないのだ。だからこそ、犠牲などという言葉が軽々と口から出る。

そのことがほんの少し佐々山の神経を波立たせ、先ほどまで大事に抱え込んでいた慎重さは、すぐに霧散した。

「犠牲なんて、そう簡単に引き合いに出すもんじゃねぇよ。特に、お前みたいな、まだ何が大事かもはっきりわかんねぇガキはな」

よせばいいのに相手の神経を逆なでするような言葉ばかりが口をついて出てしまう。佐々山は自身の不器用さに加え、短気さも呪った。

「私はガキなんかじゃ」

「ガキだ」

「私にだって、何が大事かぐらい」

「わかってねえ。少なくとも、自分を大事にできねぇやつに、何が大事かなんて語る資格はねぇんだよ。そんで、そういうヤツを、ガキっていうんだ」

我ながら偉そうに講釈たれるもんだ、と佐々山は胸の中で独りごちた。瞳子の表情が、しょげかえっていくのに同調するように、佐々山の心に自己嫌悪が広がっていく。

瞳子の主張を、若さ故の愚かさと断罪するのは簡単だ。しかしそれをできるほど、自分自身が大人ではないことを佐々山は自覚していた。

必要な犠牲と称して、ただただかなぐり捨ててきたものの数々が脳裏をよぎっては消える。

沈黙の中、瞳子の鼻水をすする音がいやに頭に響いて、もう何を言っていいのかもわからなくなって、とりあえず「なんか……わりぃな」と詫《わ》びる。

「説教したあと謝るのって、なんか自己満っぽくてむかつく」

少女に、自分の中にある後ろめたさを見事に見抜かれて、佐々山は胸をつかれた。

「おう……わるい」

「また」

「あ、」

「もういい」

「そうか……」

瞳子の切り返しに思考回路は完全にショートし、佐々山はただボンヤリと夜空を見上げた。

「変なの」

急に黙り込んだ佐々山を見咎《みとが》めて、今度は瞳子が口を開く。

「あ？」

「あんたの方が謝って、私がもういいって言うなんて。何か逆じゃん」

「あー、まあ、そういうこともあるさ」

「変なの」

彼女の前では、自分の何もかも見透かされてしまうような感覚にとらわれて、もはや弁解する気力もない。

「世の中ってのはそういうもんだ」

適当に話を切り上げたい一心で、大人の常套句《じょうとうく》を口にすると、後ろめたさを隠すようにタバコに火をつけた。

白い息と混じり合う煙を目で追いながら瞳子が続ける。

「大人はずるいよね。子ども相手だと思って、すぐわかったようなこと言ってさ。子どもにはわかんない、大人の世界のことだって。そうすれば子どもは手も足も出ないと思ってる」

「……」

「だからちょっとでも子どもが大人の世界に顔を出すと、目くじら立てて怒るんだ。『あなたのためを思って』なんて言ってるけど、全部嘘。大人が作り上げた安全地帯に踏み込まれるのが嫌なだけのくせに」

瞳子の言葉は、たしかに真実のある部分を射貫《いぬ》いている、と佐々山は思った。

大人は大人、子どもは子ども、そう境界線を引くことで初めて大人は子どもと対等に渡り合えるのだ。それは、大人にとって子どもが、脅威だからに他ならない。

佐々山の後ろめたさを瞳子が一瞬で見抜いたように、子どもは時としてその純真さで、大人がひた隠しにしてきた不都合な真実を探り当てる。それが恐ろしいから、子どもを隔離するのだ。自分とはほど遠い対岸へ。そうでなければ、この世界は居心地が悪すぎる。

ふいに狡噛の姿が浮かんだ。

純粋で真っ直ぐな光。その光に露《あら》わになる自分の影。

まさかこの状況で狡噛のことが思い浮かぶとは。思いも寄らぬ自分の思考に動揺する。

しかしたしかに、この少女は狡噛に似ている。いや、狡噛がこの少女に似ているのだろうか。いずれにせよ、自分が持ち得ない光を二人が持っていることは間違いない。

相対するにはあまりにも強烈で、影に隠れたり屈折させてみたり、様々な方法で直視を避けては来たが、それでもやはりその光を見たいと思わせる。

そういう魅力が彼らにはあるのだ。

要は狡噛もガキってことだな、と内心悪態をついてはみるものの、それがいかに白々しい行為か、佐々山はわかっていた。

自分は、その光を尊いと思っているのだ。

守るべき、失いたくないものだと。

「お前は大人になりたいのか?」

狡噛のようにバカ正直に純真でいることは難しい。きっと、彼女が大人になってしまったら、その輝きの大半は失ってしまうのだろう。そう思うと、背伸びする彼女が今までにもまして儚《はかな》く愛《いと》おしい存在に見えて、思わず質問する。

「わかんない」

という答えに、少しばかりの猶予を感じて、煙に紛れて息をついた。

「でも、同じ世界にいたいの。共有したいの」

そう言った瞳子の瞳に熱がこもったのを、佐々山は見逃さなかった。途端に下世話な好奇心が頭をもたげてくる。

「なんだ、男か」

「べつに……。なんだっていいでしょ？」

寒さに赤く染まった頬を、さらに赤くする瞳子が可愛らしい。

「へー、図星か」

にやつきながら顔を覗《のぞ》き込んでくる佐々山から逃れるように、頭を大きく振る。その様子が佐々山のいたずら心に火をくべる。

「目当ての男がこの辺にいるんだな？　まさか、さっきの銀髪か？」

だとすると、かなり問題があるが、瞳子の「ちがうわよ！」という返答に安堵《あんど》し、追及はさらに加速した。

「なんだ？　だれだ？」

「うっさいなー」

「桜霜学園のお嬢様が、廃棄区画なんぞにゆかりのある男にご執心とはね。どこで引っかけられたんだよ」

「引っかけって……！　先生はそんなんじゃないわよ！」

「先生？」

「あぅ……」

自分の失態を悔いながら、瞳子は唇をまごまごと動かす。

「先生。学校の？」

「うるさいうるさいうるさいっ」

「なんだって教員が扇島なんかに……」

「もうっ！　いいでしょ?!　補導するならさっさとしなさいよ！」

「ありゃ。いいの？」

「だめって言ったって、するんでしょ」

「まあな」

「はやくおんぶして」

「なんだよ急に素直になって」

「だって……どうせ無理だもん」

「何が」

「さっき自分で言ってて気づいちゃった。先生は結局、私みたいなガキは邪魔なのよ。自分の世界に踏み込まれたくないんだわ。だから……」

そこまで言って口をつぐむ。目の前の変な男に煽《あお》られて、余計なことに思い至ってしまった、と瞳子は歯噛《はが》みした。

どんな写真を見せても、「つまらない」としか言わない藤間。

あれは、面白い写真を撮ったらどうにかなるという類《たぐ》いのものではなく、あらかじめ解の用意された問い。瞳子を自分の世界に連れて行こうなどという気ははなからない。あからさまな拒絶の言葉だったのだ。

「なんだよ。急に黙って」

「はやく、おんぶ」

「ああ?」

「もう、疲れたから……」

本当は、初めからわかっていたのかも知れない。

彼のガラスのような瞳には、自分が映りこむ余地なんか無いんだということを。

それでも彼の微笑みや、自分だけしか知らない彼の週末の秘密が、自分の無闇な期待を煽って、今、廃棄区画に裸足《はだし》で佇《たたず》むという醜態に帰結している。そう思うと、途端に夜風は暴力的に身体を冷やし、駆け回った足が鈍く痛み始めて、一人で立っているのもしんどい。

瞳子は、自分の目の前で背を向けてしゃがみ込む男の背中に、素直に身をゆだねた。

「なんだ、軽いじゃん」

「当たり前でしょ」

男は別段力む様子もなくすっと立ち上がると、ゆっくりと階段を下り始めた。

3

冬の空に、佐々山の鉄階段を下りる足音が響く。

背負う荷物を傷つけないように、ゆっくりと歩みを進める。

佐々山の背面で、瞳子の前面で、お互いの体温が交換される。その温もりが、両者の思考を少しだけ弛緩《しかん》させて、不思議と言葉数を増やした。

「そいえばこないだ、お前、データスティック忘れてっただろ。俺、いつでも返せるようにって、持ち歩いてたんだぜ？　あとで渡す」

「いらない」

「は？」

「もういい」

「なんでだよ。あんなにたくさん撮りためてんのに」

「どうせ私の撮る写真は、つまんないもん。先生は見向きもしてくれないし」

「ああ、お前の想い人ね」

「べつにっ……ただの写真部の顧問だよ」

「ああそう」

「むー……」

「で？　その写真部の顧問がお前の写真つまらないって？」

瞳子の強がりも、かつてほど佐々山を拒絶しない。佐々山はこともなく質問を続け、瞳子もゆっくりとそれに答える。

「そう……。だからね、私、どうしてもその人が興味持ってくれるような写真が撮りたくて……それで……」

「こんなとこうろついてたわけか」

「先生はね、毎週末になると教員宿舎を抜け出してここに来るんだ。だから私も、ここにきて、ここの写真を撮れば、少しは先生の気を引けるんじゃないかって……思ったんだけど……なんかやっぱ……ね」

瞳子の吐息が、佐々山の首元にかかる。それが余りに暖かいので、彼女にこんな息をはかせる写真部顧問に、佐々山はほんの少しの敵意を覚えた。

「お前の写真、そんなに悪くねぇよ」

「あんただって、こないだぼろくそ言ってたじゃん！」

「そりゃ、へたくそだとは言ったけどよぉ。つまらないとは思わないぜ？」

「え？」

「いいじゃんなんかさ、必死になって、何でもかんでも写そうって言うのがさ。自分の世界全部写真にしちまおうって気迫があってさ。お前らしい、面白い写真だと思うよ俺は」

「私らしい？」

「なんか、必死っていうか、背伸びしてるっていうか」

「全然面白くないじゃん！」

「いや面白いよ。そういう必死さって、意外とすぐになくしちまうもんだし」

佐々山の脳裏に、再び狡噛の姿が浮かぶ。

「お前は、大人の世界を共有したいなんて言うけどさ。俺からすれば、お前のそういう気持ちそのものが、貴重っていうか……。隣の芝生、みたいなもんかな」

「隣の芝生？」

「要はうらやましいって話。こんなに欲張りな世界の切り取り方、もう、俺にはできねぇから」

自分から出てくる言葉の素直さに、驚く。ここ数週間自分の底に溜《た》まっていた澱《おり》のようなものが、いつの間にかふんわりと溶けて無くなってしまったようだ。

そのくらい、少女の肌の温かさは、絶大な効力を持っていた。

このままこの温かさに身を預けていたら、自分はどこまでも優しい人間になれるだろう。

佐々山は自分の現金さに辟易《へきえき》しながらも、今は、この心地よい感覚に全てをなげうって溺《おぼ》れていたいと思った。

「だからそのセンセーっちゅうのも、案外嫉妬《しっと》してだめ出ししてんのかもよ？」

これが、真実だという保証はどこにもない。しかし安易な方法であっても、彼女を少しでも元気づけられるならそれに越したことはないのだという確信が、佐々山の舌先を滑らかにする。

「えー……ありえない」

そう言う彼女の声色に、少しばかり生気がみなぎるのを感じて、佐々山は安堵した。

「おお、あったあった」

外付け鉄製階段の下の、物置のように段ボールが積み上げられた一角に、瞳子の黒光りするローファーはあった。

瞳子は佐々山の背中から飛び降りると、片足で弾みながらローファーのもとへ駆け寄ったが、自分の足下の相棒が、不吉な色をした排水に濡《ぬ》れているのを見てその場で立ち止まった。佐々山はそんな瞳子の様子に、躊躇《ちゅうちょ》することなくローファーを拾い上げると、ポケットからくしゃくしゃに丸められたハンカチを取り出して丁寧に汚水をぬぐい、まるでシンデレラにでもするかのように、瞳子の前に跪《ひざまず》き恭しく小さな足をその靴に収めた。

瞳子の「ありがとう」というつぶやきが、佐々山を満足させる。

やはり、女性に傅《かしず》いているときが一番心が和む。そんな現金な思いに口角をゆるませながら、佐々山は扇島の喧噪《けんそう》の中、瞳子を伴い歩いた。彼女の歩幅に合わせて、ゆっくりと。

「おじさんはさぁ」

佐々山のコートの裾《すそ》を遠慮がちにつかみながら瞳子が口を開く。

その声色に、出会った頃の険はもはやない。

「おい……おじさんはやめてくれへコむ」

「えー」

「佐々山だ。佐々山光留」

瞳子は口だけ何回か、「ササヤマミツル」と動かすと何かを納得するように頷《うなず》き微笑んだ。

「光留さんは、カメラ詳しいの？」

ファーストネームにさん付けという呼び慣れない呼称に、佐々山の体温が少しだけ上がる。しかしその呼称以上に、カメラに対する問いが、佐々山の心の深部を鈍く打つ。

今もまだ処分できない大量の写真のことが、佐々山の脳裏をよぎる。

「くわしかないさ。昔、ちょっとやってたぐらい」

あまり歓迎できない話題を早々に切り上げようと、適当に興味ないふうを装う。しかし、瞳子はそんな佐々山の防壁を易々と飛び越えてくる。

「えー。その割には偉そうなこと言ってたよね」

自分の軽口を呪いながら、瞳子の指摘に素直に降伏した。

「お前は基本ができてなさ過ぎんだよ」

「だって、だれも教えてくれないんだもん」

「その、先生とかってのは？」

「写真見せても、つまんないとしか言ってくれないし……」

そういってうつむきながら唇を尖《とが》らせる仕草を見て佐々山は、やはりその写真部顧問は気にくわないと思った。

彼女の尖った唇に、諦《あきら》めきれないという意志が滲《にじ》む。ようは、佐々山に写真撮影のイロハを教えて欲しいということなのだろう。

先ほど瞳子を鼓舞するようなことを言ってしまった手前、このまま彼女の意志を無視することはできない。

心に鈍い痛みを感じながらも、佐々山は手を伸ばした。

「まあちょっと、カメラ見せろ」

「はい」

期待に満ちた瞳を佐々山に向けながら、瞳子は従順にカメラを手渡した。

ずしりとした重みが佐々山の掌《てのひら》に広がって、心をじんわりと震えさせる。

甘い記憶の数々が蘇《よみがえ》って、しっかりと踏ん張っていないと目眩《めまい》を起こしそうだ。

「まずさー、マニュアル操作にしてる時点で、間違ってんだよなー。素人なんだから、フルオートでいいじゃん」

「だってなんか……それじゃあ、私が撮ってるって感じがしないんだもん。私が見たまんまを撮りたいんだもん。一眼レフって、それが出来るカメラなんでしょ？」

言い返す瞳子の様子に、佐々山の記憶のいくつかが呼応して、ますます心を痺《しび》れさせる。

「なるほどね。ほんとに強欲だなお前は」

「さっき、そこがいいって言ったじゃん」

記憶の海にこれ以上足を踏み入れたら危険だと思いながらも、その甘い誘惑に逆らえず歩みを進める。進んでみればやはり心地よく、自分の口先がどんどん軽やかになっていくのを佐々山は実感した。

「ったく、しょうがねえなぁ。いいか、まず写真ってもんが、どういうもんかってことを考えないといけねぇ。写真ってのはな、レンズを通して、いかに光を取り込むかってのがみそなんだ。明るく撮りたきゃ、絞りを開けて、シャッタースピードを遅くする」

「絞り？」

「んなこともしらねぇのかよ」

「だからわかんないって言ってるじゃん！」

男の拳《こぶし》大ほどあるレンズを取り外して、瞳子に覗《のぞ》かせる。佐々山も瞳子の目線に寄り添うように顔を寄せ、透明なレンズを覗く。

佐々山がレンズの外周をなぞると、円筒の奥で六角形の穴が大きくなったり縮んだりした。

「よく見てろよ？　六角形の穴みたいなもんがでかくなったり小さくなったりしてるだろ？　これが絞りだ。これが広がれば広がるほど光を多く取り込めるわけだから、明るい写真が撮れる。逆に絞れば暗くなるわな。シャッタースピードもようは、どのくらい長い間光を取り込むかっていうことだ。シャッタースピードを遅くしてより長く光を取り込めばその分写真が明るくなる」

「じゃあ、絞りを広げて、シャッタースピードを遅くしといた方がいいのね？」

「いや、あんまり明るくしすぎると、画面が光で真っ白になっちまう。絞りとシャッタースピードをうまいこと組み合わせて、撮りたい写真を撮るってことだ」

「撮りたい写真」

「そ。お前が感じたままの景色が撮れる。自動で補正された景色じゃなくて。マニュアル撮影ってのは、そういうことだ」

そこまで一気に説明して、佐々山は一息ついた。

もう何年もカメラを手にしていなかったが、自分でも驚くほどよどみなく言葉が出た。

このたぐいの質問には、かつて何度も答えていたのだ。その記憶に課した封印は、瞳子の前にあっさりと解かれてしまった。

「貸してっ」

呆然《ぼうぜん》とする佐々山の手元から、瞳子はカメラを奪い取り、高揚に緩む口元を隠すことなく、喜々としてファインダーを覗き込んだ。

シャッターを押しては、撮った写真を画面で確認するという作業を何度も繰り返す。

そのうちに、瞳子の喜びの表情は次第に曇り、唇が不満げに突き出る。

「なんかうまくいかない……。どの数値にしたらどういう写真になるのかわかんない……」

この不満も、佐々山はかつて何度も目にしていた。

既視感から来る余裕が、佐々山の声色を優しくする。

「それはもう、撮って撮って撮りまくって、自分の感覚にしてくしかねぇよ。大丈夫、こんだけ大量の写真が撮れるんだ。すぐ摑《つか》めるよ」

瞳子の瞳に佐々山に対する尊敬が宿る。

「そっか……。光留さん、すごいね！　ねえねえ！　何か写真撮ってみてよ！」

そう言うと佐々山の胸元にカメラを押しつけた。

このやりとりにも、覚えがある。しかし今は拒絶よりも、このまま甘い既視感にとらわれていたいという欲求が佐々山を駆り立てる。

ゆっくりと、カメラを構える。

ずしりとした感覚が、掌に力をみなぎらせる。

ファインダーを覗けば、そこには懐かしい景色があった。

肉眼で見るのとは違う、しかし何よりも世界の真実に近い景色。

被写体を求めて、視線を走らせる。

道行く人々、屋台から立ち上る煙、騒がしいネオンと、その先に浮かぶ白い星。

十分に吟味した上で、佐々山は瞳子にその照準を合わせた。

ファインダー越しに瞳子と目が合う。

彼女は意外そうに目を丸くしたが、すぐに観念して照れた笑いを浮かべた。

弾力ある彼女の髪が風になびき、鼻先で踊る。

その髪を片手で押さえ、恥ずかしそうに視線を泳がせる。その視線が、レンズと邂《かい》逅《こう》した瞬間に、佐々山はシャッターを切った。

ホッと息をゆるめる。

瞳子は「見せて見せて！」と佐々山からカメラを奪うと、すぐに液晶画面で写真を確認した。

画面の中で微笑む自分の姿に、感嘆し思わず、

「かわいい……」

とつぶやいた。不意に出たナルシスティックな発言に自分で驚いて、慌てて訂正する。

「ち、違うよ！　変な意味じゃなくて、なんか普段の私の写真とはちょっと違う感じ……っていうか……」

まごつく瞳子を見ていると、佐々山の嗜虐心《しぎゃく》が妙に疼《うず》く。

「そうか？　俺にはこんな感じに見えてるけどな」

わざと、渋めの声色で優しく語りかけると、瞳子は期待通りに頬を赤らめた。

「なんか……光留さんて、キザだね」

「惚《ほ》れるなよ？」

「馬鹿じゃないの？」

にやつく佐々山にぴしゃりと言ってのける。

「すいませんね」

「でも……」

カメラを目の前に掲げて、嬉《うれ》しそうにつぶやく。

「うん。なんか、いい写真撮れそうな気がする」

満足げな瞳子の姿が、佐々山の目にも嬉しい。

「そっか。じゃ、まずは自分の身の回りのもんを撮ってみろ。こんなとこ、もう来るなよ」

そういえば元々は瞳子に説教しようとしてたんだった、と不意に思い出して慌てて補足する。不用意な忠告が再び瞳子の反抗心に火をつけやしないかと案じたが、その不安をよそに瞳子はおとなしくうなずいた。

安堵《あんど》に佐々山の足取りが軽くなる。瞳子自身も、自分の思いの丈を吐露できた安堵感からか、表情は柔らかく、その足下は今にも弾みだしそうに軽やかだ。

「しかしまあ、その先生ってのも妙な奴だな」

「うん、なんかすごい、不思議な雰囲気の人だよ」

「こんなかわいい子が必死になってアピールしてるっていうのに見向きもしないでな」

「ほんとだよ」

お互いの軽口に声を立てて笑う。先ほど一人で扇島を巡っていたときには、自分にこんな安らかな感情が到来するとは思ってもいなかった。自分が恐ろしい事件の調査中だったことを思い出して、はたと立ち止まる。軽やかな気持ちの中に、若干の異物感を覚える。

「でもほんと……、扇島なんかに来て、何やってんだ？」

佐々山の問いに、瞳子はきょとんと首をかしげてみせた。

突如、二人の間に電子音が響く。

佐々山の左腕にはめられた執行官用デバイスが、狡噛からの着信を告げている。

気がつけば再集合時間から三〇分もの時間が経過していた。

4

「そういえばさっき、面白い女の子に会ったよ。君の通う学校の生徒だったみたいだけど？」

薄暗い部屋の中で頼りなげに灯《とも》る白熱電球を見つめながら、槙島聖護《まきしましょうご》はうそぶいた。

その電球の対角線上に、一人の男が立っている。

桜霜学園社会科教諭の藤間幸三郎だ。

彼は、足下から長い影を伸ばしながら、こともなげにボールペンを弄《もてあそ》んでいる。

自分の身元を知る人間がこの付近をうろついているというのに、その事実に動じる様子は藤間にはない。ただ静かに、

「そう……」

とつぶやいた。

「面白いな」

「何が？」

「きみのそういう、目的以外一切興味がないところ。かといって短絡的でも浅はかでもない」

槙島はそういいながら、ゆっくりと周囲を見回す。

扇島の最深部、隔離され忘れ去られた場所に二人はいた。

その深度は、うなりをあげる自家発電機の音でさえも、無限の闇の中に吸い込んでしまうほどだ。電圧の変化に揺らぐ灯が、藤間の指先でクルクルと回転するボールペンの影を壁にうつし、不思議な視覚効果を生んでいる。

クルクルと回るボールペンと、ゆらゆら揺れる巨大な水槽に満たされた薬液。熱を出した夜に見る夢のように、大小の感覚があやふやになる景色の中で、槙島は満足げに微笑んだ。

その表情に気がついたのか、藤間が抑揚のない声で言う。

「僕は、君が興味を持つに足る人物ということか」

「気分を害しちゃったかな」

「別に。何も僕らは、仲良しこよしの相棒ってわけじゃない。お互いの利害が一致したからこうやって行動をともにしているって言うだけだ。僕は僕の目的のために。そして君は、そんな僕を観察するために。その興味が持続しているっていうのは喜びこそすれ、気分を害すようなことじゃない」

藤間の整然とした物言いに、槙島の深部が熱く疼く。

「普通人間は、上位存在である観察者に対して、なんらかの敵意を持つものだが？」

「臆面《おくめん》もなく、自分を上位存在だと言ってのける聖護くんの人間性、嫌いじゃないよ」

「どうも」

藤間は槙島のことをあたかも学友かのように、ファーストネームで呼ぶ。

その二人の関係性においては余りに不釣り合いな呼称を、槙島は気に入っていた。藤間の計り知れない内面がそこに表出しているような予感がするからだ。

悦にいる槙島をよそに藤間は言葉を続ける。

「でもそれはあくまでも主観的なものだ。人間の関係性なんて、相対的なものだ。聖護くんの観察眼が、僕の精神性に到達できなかった場合、はたして君は、上位存在と言えるだろうか？」

「僕は君の精神性に到達できないと？」

意図して多少扇情的に問いかける。しかし藤間の心象にはさざ波一つ立たないようだった。あくまでも無感情に、自分の中に存在する虚を覗《のぞ》き込むように、藤間はボンヤリと答えた。

「どうかな……。そうやすやすと到達されてはたまらない、というのが本音かな」

やはりこの男は面白い、槙島は自分の確信に酔う。

「すてきなジレンマだね。僕は君という存在を知りたいと思う。そのためには君が到達不可能な存在である必要がある」

「そうやってすぐロジックで遊びたがるところ、聖護くんの悪い癖だ」

「そうかな？」

「言語化できない部分にこそ、真理がやどる。理論派の君には理解できないかもしれないけど」

藤間の言葉に、昔読んだ児童書の一節が蘇《よみがえ》る。

サン＝テグジュペリの『星の王子さま』。

大切なものは目に見えないと言い残し自ら命を絶つ、故郷を失った王子の話だ。

寄る辺なきものは皆、形無いものにすがると言うことだろうか。

しかし目の前の藤間には、かの王子のような儚《はかな》さはない。それは彼が、形なき者に形を与えようとしている探求者だからだろう。

「だからこそ君は、犯罪、という形で真理を表出させようとしている、と。まるで芸術家だな」

「芸術に興味はないよ。ただ残したいんだ。僕たち、という存在を」

そう言うと藤間は、巨大な水槽に熱い視線を送る。

「志は果たせそうかな？」

「まだ少し足りない。この世界に変質を強いるには、もうあと若干のスパイスが必要だ」

「いいだろう。君が真理を掲げる限り、僕はその僕《しもべ》となろう」

「上位存在になったり、僕になったり、聖護くんもたいがい忙しいな」

「人間の関係性は、相対的なもの、だろ」

「そうだったな。君にとっての僕の価値がひっくり返らないように、せいぜい気をつけるとしよう」

5

くすんだ色を湛《たた》えた人混みの中から、佐々山の少し明るめの短髪が覗いて、狡噛は思わず駆け寄った。ここ一ヶ月の佐々山の行動を見れば、『逃亡』という万が一の事態も想定せずにはいられない。その想定が杞憂《きゆう》であったことは狡噛を安心もさせたが、それに呼応して苛立《いらだ》ちが増す。

「おいっ、何してたんだ集合時間はとっくに……」

「わりぃわりぃ」

狡噛の叱咤《しった》を、佐々山はどこ吹く風というように片手で制した。どこまで行ってもこの男は、監視官の苦労など顧みるそぶりもない。

「あれー？　とっつぁんは？」

「とっくに護送車に下がらせた。お前は俺達を凍死させる気か」

そう言って佐々山に詰め寄ると、彼の背後で見覚えのある黒髪が揺れた。

桐野瞳子だ。

相変わらず、廃棄区画に名門女子校の制服というそぐわない出で立ちで、ばつが悪そうに佇《たたず》んでいる。

「素行不良少年の補導案件が発生してたんでな」

遅刻の理由はこれか、と溜飲《りゅういん》を下げる。不届きな理由でなかったことは評価すべきだが、それでも寒風吹きすさぶ中、三〇分も野外で待ちぼうけ食らわされたことには変わりない。怒りの矛先を順当に向け直そうと少女を睨《にら》むと、彼女はそそくさと佐々山の背後に顔を埋めた。

狡噛の険を含んだ視線に気がついたのか、佐々山が先回りして狡噛を諭す。

「はいはい、もう説教は俺がひと通り済ませておいたから」

この短時間で二人はずいぶんな信頼関係を築いたようだ。あいかわらず佐々山の、女性とのコミュニケーション能力には驚かされる。これ以上自分が少女に何を聞いても無駄だと悟り、狡噛は黙って補導手続きを始めた。

デバイスから、少女に関する情報を引き出し、非行履歴を確認する。

過去二回、今日を入れれば三回目の補導だ。名門女子校の校風というものがどんなものなのか、狡噛には見当もつかないがそれでも彼女の行動が明らかに異様だということはわかる。青少年の健全育成は狡噛の領分ではないが、それでも少女の行く末に一抹の不安を覚えた。

「これから学校に連絡するから」

狡噛の言葉に、少女はわかりやすくうなだれた。こんなふうにしょげかえるなら初めから深夜徘徊《はいかい》などしなければいいのだ。

真面目が服を着て歩いているような狡噛には、瞳子も佐々山も、理解できない存在だった。

だからこそ今目の前で寄り添うように立っている佐々山と瞳子の間にどんな関係が結ばれているのか、それを思うと妙な疎外感を刺激されてもどかしさが募る。

進まない捜査、好転しない佐々山との関係、それら全てが自分の理解できない理屈に起因しているような気がして、たまらない無力感に襲われる。

その無力感から逃れようと、狡噛は瞳子の資料に当てもなく目を落とした。

桐野瞳子、イタリア系準日本人アベーレ・アルトロマージを父に持つ混血児。

幼少時から桜霜学園に入学、今に至るまで学園生として過ごす。

夏期休業前のサイコ＝パス検診では特に問題となる数値は検出されず。

それ以降の測定記録無し。

目立つ非行履歴もなかったが、今年一一月に入ってから二度の補導歴有り。

一度目は、一一月五日未明。赤坂の廃棄区画で巡回ドローンにキャッチされている。

二度目は前回、一一月二四日夜。狡噛と佐々山が扇島解体業者と現地住民のいざこざの鎮圧にかり出された日。

狡噛の背筋に、ぞわりとしたものが走った。

一一月五日未明、一一月二四日夜、いずれも目下捜査中の標本事件の被害者が発見される直前である。

突然の気づきに高鳴る動悸《どうき》を押さえようと頭を振る。

まさか。

瞳子が補導された日と、被害者の発見された日、これらを結びつけるのはあまりにも短絡的すぎる。それは冷静にならずとも十分に理解できる。

しかし。

女子学生がわざわざ廃棄区画に足を踏み入れる不自然さ。

そして「赤坂」という妙な符号の一致。

夏期休業以降、目立ち始めた瞳子の非行行動。

偶然で片付けるには、あまりにも意味深である。

征陸の言葉が、耳の奥でこだまする。

「情報なんざ、そのうち勝手に飛び込んでくるもんさ」

それが今なのかも知れないという予感が、狡噛の思考を加速させる。

短絡的すぎるかも知れない、浅はかかも知れない、しかし現に狡噛は自分の理屈が及ばぬ人間の存在を目の当たりにしている。ならば、理屈を超えて結びつく符号があってもいいはずだ。

単純な思いつきに飛びつく自分を正当化するために、狡噛は思考を尽くした。

麻雀《マージャン》卓を囲みながら執行官たちが導き出した犯人像を反芻《はんすう》する。

芸術家気取りの青二才。

瞳子の首からぶら下がる、少女には余りに不釣り合いなプロ使用の一眼レフカメラを目にしたとき、狡噛は決心した。

先刻感じていた無力感は、どこかに消え失《う》せていた。

「佐々山……」

緊張で声が震える。

佐々山は、狡噛の異様な様子に怪訝《けげん》そうに顔を寄せてくる。そんな佐々山に、瞳子の補導履歴のデータを指し示す。しばらくの間があって狡噛の意図を理解したのか、佐々山は目を見開いた。

佐々山の表情の変化を確認すると、狡噛は素早く背面のホルスターからドミネーターを引き抜く。

もちろん、ドミネーターの向く先は瞳子だ。

ドミネーターの起動音が脳内に響き、シビュラに直結されたシステムが瞳子の犯罪係数を割り出そうとしたそのとき、

「おい！　馬鹿、何すんだやめろ！」

怒号とともに佐々山がドミネーターを押さえつけた。

「何するんだ！　離せ！」

「それはこっちの台詞《せりふ》だ！　未成年にいきなりドミネーター突きつけるなんて、正気か？」

佐々山の手の中でドミネーターが軋《きし》む。狡噛はドミネーターを引き抜こうと上体を回転させるが、佐々山は執拗《しつよう》に食らいつく。

「確認するだけだ！　彼女の行動はあまりにも不審すぎる」

「だからってなぁ！」

「潔白ならば何の問題もないだろう！」

「未成年の色相はただでさえ不安定なんだ。それをこんな形でドミネーターを突きつけられて、色相に影響がないとは言えないだろ?!」

確かに佐々山の言うことは正論だ、正論だが、さんざん非協力的な姿勢を見せておいて正論をぶつけられても、反発心しか沸かない。

ドミネーターを離さない佐々山を身体ごとひきよせて睨みつける。

狡噛の視界の端に、二人の様子を脅えた表情で見つめる瞳子が映る。その儚《はかな》げな様子は、情に厚い佐々山にさぞ訴えかけただろう。

「妙にかばうんだな。情に流されやすいのもいい加減にしろよ！」

「馬鹿野郎！　そんなんじゃねぇよ！　こいつはあの事件には無関係だ！」

この数週間、狡噛は事件調査に心血を注いできた。

初めから成果を期待されていないであろう無戸籍者の身元特定という案件であっても、そこになにがしかの手がかりがあると言い聞かせ、自らを鼓舞し、終わりの見えない聞き込み作業をまっとうに遂行してきた。

しかし佐々山はどうだ。

その態度はやる気のなさを雄弁過ぎるほどに語り、聞き込み件数は他のどの執行官よりも少なく、ただタバコを空にしては公安局に戻る日々。

そんな佐々山が、確信めいてあの事件を語ることが、今の狡噛にはいかにも腹立たじい。

狡噛の喉元《のどもと》に激しい怒りがこみ上げてきて、呼吸を圧迫する。

震える息で意地悪に問いかけた。

「何を根拠に」

根拠など、佐々山が持つはずはないのだ。少なくとも、今自分が瞳子にドミネーターを向けるのを阻止するだけの根拠など。

狡噛は、佐々山が自分の問いにたじろぐに違いないと思った。

しかし、佐々山は狡噛の期待には応《こた》えず、真っ直ぐに視線を定め告げた。

「刑事の勘だ」

途端に、馬鹿馬鹿しいという思いが狡噛の思考を塗りつぶす。ろくに刑事らしい仕事をしていない佐々山の口から「刑事の勘」という言葉が出たのだ。そのことが自分の理論的優位性を補完したように思えて、狡噛は冷笑した。

しかし次の瞬間に、狡噛は自分の表情を悔いた。

他者は自分を映す鏡だ。

だとすれば佐々山の顔に浮かぶ表情が、たった今狡噛が犯した過ちの全てを映し出していた。

佐々山は、怒ってはいなかった。

ただ、悲しそうに眉《まゆ》を寄せ、目を細めた。

彼の唇から漏れた「てめぇ……」と言う声にすでに先ほどまでの覇気はなく、狡噛を見据える瞳には、失望が、ほの暗く宿っていた。

こめかみのあたりにじっとりと冷たい汗が噴き出てくるのを、狡噛は感じた。

二人はいまだお互いの距離を詰め合い相対してはいたが、その間にあるのは怒りでも敵意でもなく、ただ深く暗い溝だった。

大変なものを反故《ほご》にしてしまった、と狡噛は思った。

『刑事の勘』は、執行官と社会を、執行官と監視官をつなぐ鎖だ。それを狡噛は、自分から手放してしまったのだ。

謝らなくては、と思うのに、自分のしでかしたことの重大さにすくんで、身動きがとれない。

頬の上を何かがつたって、狡噛はハッとする。

まもなく幾百幾千もの雨滴が、行き交う人々と狡噛達の上に降り注いだ。

佐々山は降りかかる雨に小さく舌打ちして身を引くと、狡噛の腕からドミネーターを抜き取って背を向け、ゆっくりと歩き出した。

その後ろを瞳子が小走りについていく。

突然の雨にざわつく人混みに、二人の姿が飲まれていく。

今彼らを見失えば、二度と会うことができなくなるのではないかという予感がこみ上げてきて、狡噛は佐々山の名を叫んだ。

移ろいゆくモザイク画のような景色の中で、佐々山の黒い後ろ姿だけがくっきりと浮かび上がり、振り返る。

「濡《ぬ》れるぞ、早く戻ろうぜ」

佐々山の言葉は雨に滲《にじ》み、視線は狡噛の足下に落ちていった。

第五章　しょうじきもののおうじさま

1

公安局の光留さんへ

こんにちわー
瞳子です
このあいだは、黒髪の刑事さんからかばってくれてありがとうございました！
あのときは、ホントに死刑かも……って思って、凄《すご》く怖かったです……
でも、光留さんがかばってくれたから、私は無事に学園に帰ることができました
今日はそのお礼を言いたくて、メールしてみました
って、このメール届いてるのかな

心配なので、このメールを読んだら、すぐに返信すること！
私はあのあと案の定、先生にたっぷり怒られて……
一ヶ月謹慎食らったよ
覚悟はしてたけどね……
でも、ちょうど冬期休業に入っちゃったから、一ヶ月って言ってもあんまダメージないかもです
ふつーにお家にいます
外出禁止だけど……
でもまあ、いつもの冬休みとあんまかわんないかなって思います
いまは、光留さんのアドバイス通り、お家の中で身近なものをいろいろ写真に撮っています
いい写真が撮れたら、光留さんにも送るから、また何かアドバイス下さい
写真と言えば
光留さん聞いて!!
実はね、こないだ私が言ってた、写真部の顧問の先生、覚えてる？
その先生がね、
私の写真に

初めて興味を持ってくれました～!!
すごくない⁇
こないだ光留さんと扇島で会ったときに撮った写真なんだけど
光留さん覚えてるかな？
銀髪の、やたら綺麗《きれい》な男の人
いたでしょ？
あの人の写真みせたら、先生ちょっとびっくりして
マキシマ
って言ったんだよ！
知り合い⁇　だったのかも⁇
つまり、私の写真に興味持ってくれたっていうより、あの銀髪の男の人に興味を
持ったってことなんだけど
でもね、それでも私、超嬉《うれ》しかった！
あの藤間先生が少しでも表情を変えるって、滅多にないことだから
それだけで私、めちゃめちゃテンションあがったよ！
その写真添付するので、なんかアドバイス下さい！
いつも通りボケボケの写真なんだけど

えーと……
言いたいことといろいろ書いてたら、超長文になっちゃった
ごめんなさい
たぶんこれで、伝え忘れはないハズ
あ
もう一個
あの黒髪の刑事さんと、仲直りした？
私が言うのもなんだけど、早く仲直りしてくれたらいいなって思ってます
私からもごめんなさいって伝えておいて下さい
うん
コレで本当に言いたいこと全部
ホントに長くなっちゃった
ごめんなさい
それではまた！
お仕事頑張って下さい！

桐野瞳子より

長い雨が続いている。

佐々山はソファーに深く身をゆだねたまま、こんもりと盛り上がった灰皿にタバコを押しつけると、天井に向かって煙を吹いた。

立ち上った煙は、シーリングファンにかき回されて闇に溶けていく。

奇妙な符合だ。

目の前に展開された瞳子からのメールに目を落とす。

藤間という教師を追って廃棄区画を訪れたという瞳子。

そんな瞳子の補導日に近接して発見された標本事件の被害者。

そして、血の香りのする銀髪の男。

先日は瞳子にドミネーターを向ける狡噛を叱咤《しった》したが、たしかに彼女の周りには何か標《しるべ》めいたものが集まっている。

瞳子自身には問題がないだろう。学生という管理を前提とした身分に身を置く彼女には、恐らくアリバイがある。

気になるのは、藤間という教師である。

瞳子の言葉が真実ならば、藤間も被害者発見の前日に廃棄区画をうろついていたことになる。

そして、おそらくマキシマという名であろう、あの男の存在。

あの男は佐々山の目にはあまりにも異様に映った。全身から漂う超越者然とした風格。あの男の瞳には、虫も人間もそう大差ない存在として映るのだろうという確信にも似た予感。

藤間という一介の教師が、あんなふうに玄人めいた男を知っているということが、佐々山にはどうしても気にかかる。

現状の情報だけで奴らと標本事件を結びつけるのは危険ではあるが、そうはいっても藤間とマキシマは捨て置けない存在だと、佐々山の中の何かが告げる。

しかし何をもって自分がそう思うのか、上手《うま》く言葉にできない。

「刑事の勘か……」

そう独りごちて、佐々山は自嘲《じちょう》気味に笑った。

狡噛には相談できない。

今はとてもそんな気になれない。

灰皿の中から比較的綺麗な吸い殻をつまみ上げ、火をつける。焦げた臭いが口の中に広がって、眉間《みけん》の皺《しわ》をさらに深くした。

しかし、狡噛に告げずに二人を調べたとしてどうなるだろうか。勝手な行動は自分の刑事人生を終幕へと導くことになるだろう。

だがそれもいい。

甘やかな諦念《ていねん》が体中に満ちて、佐々山は脱力する。

もうこれで終わりにしよう。

瞳子の笑顔が佐々山の脳裏をよぎった。

もしかしたら自分の行動は、瞳子の恋心をむげに扱う結果になるかもしれない。しかしそれを躊躇《ちゅうちょ》すれば、瞳子を危険にさらすことになるに違いない。

それだけは耐えられない。

ソファーの隙間に手を差し込み、一枚の写真を引っ張り出す。

写真の中では少女が髪に手を添え微笑んでいる。少し下がり気味の目尻《めじり》が自分に似ている。

コレに似た写真を、この前撮ったな、と思う。

ファインダーの中で微笑んでいた瞳子と、写真の中の少女が重なった。

2

「ちょっと！」

黙々とモニターを見つめる神月の背後で、二係監視官青柳璃彩《あおやなぎりさ》が声をあげた。

神月が身体を硬直させぎくしゃくと振り返ると、前下がりのボブヘアーをたゆんと弾ませながら冷たい瞳で彼を見下ろす青柳と目が合う。

「私の当直中に内職とは、随分勇気があるじゃない」

そう言って、神月の肩にがっつりと腕を回すとモニターを覗《のぞ》き込む。

慌てて見ていたファイルを閉じる神月を「ふーん」と横目で見ながら、ぎりぎりと腕に力を入れる。

「あ、痛い痛い、爪が……」

「薬品関連業者の洗い出しはもう終わったのかしら」

「それはもう、今すぐ青柳監視官の端末に送ります、はい」

そう言うと神月は、モニター上に展開されていたいくつかのファイルを素早くまとめ、送信手続きをとった。すぐに青柳の左腕にはめられた監視官用デバイスが電子音をあげる。

青柳は送られてきたファイルにさっと目を通すと、満足げな笑みを浮かべた。

「うん、よろしい。で？　何してんの。まさかアフィ稼ぎじゃないでしょうね？　執行官の副業は法律で禁止されてるのよ」

言いながら神月の頭を、拳《こぶし》でゴッゴッと叩《たた》く。その一打一打に律儀に「いてて」と反応しながら、神月は弁明する。

「違います違います！　仕事ですよれっきとした！」

しかし言葉での弁明だけでは青柳の連続殴打は阻止できなかったため、先ほど閉じたファイルを展開し彼女に示す。

私立の名門女子教育機関、桜霜学園の文字がモニターに躍り出る。

「桜霜学園……？　女子高生のパンチラでも探してたんでしょ！　このやろっ！」

青柳の殴打が、いっそうその激しさを増す。

「ちーがーいーまーすってばぁ！　ちゃんと、標本事件の関連調査ですってば」

「標本事件の？　何でそれで女子校なのよ」

青柳の問いかけに、神月は再び硬直した。人形のように静止しながらも、目だけはきょろきょろとさまよっている。

神月執行官は素直でいい子だけど、素直すぎるのが問題よね、そう心の中で独りごちて軽く息を吐いてから、彼の首元をつかみぎりぎりとつるし上げる。あくまでも顔には笑顔を湛《たた》えながら。

「言わないと、パラライザーお見舞いするわよ」

「ちょ、ええ？　それパワハラ……っていうか、一応俺ら執行官にも基本的人権が……」

「あら？　法律解釈で私と争おうって言うの？」

「いえ、何でもありません、すいません」

わかればいいのよ、と首もとから手を離すと、神月はそのままストンと落ちて椅子の上でうなだれた。

「で？　なんで女子校の教員データベースなんて開いてるのかな？」

「一係の佐々山に頼まれまして……」

「一係の？　何で一係の調査をあんたがやってんのよ」

「や、なんか、佐々山が自分じゃ動きづらいからって」

妙だ、という感覚が青柳の脳内を貫く。常に監視官との連携で行動することを義務づけられている執行官が、他の係のしかも執行官に直接調査協力を依頼することはあり得ない。

「動きづらいって、この件、一係の監視官には通ってないわけ？」

「そこまでは俺は……」

「おい」

「通ってないです」

やはりだ。一係の執行官が、独断で捜査にあたっている。監視官の指揮下以外での犯罪捜査は禁則事項にあたる。監視官の青柳がその事実を知ってしまった以上、見過ごすわけにはいかない。

「わかったわ。私から狡噛くんに話す」

「え、あ、いや、それは」

青柳はうろたえる神月に顔を寄せると、彼の視線を霜村監視官のデスクに誘導する。

「うちの大将に見つかって大事にならないように私が取りはからってあげるって言ってるんだから、あんたはもうおとなしくしてな」

何事にも実績を求める霜村だ。彼の辞書に温情解決という言葉は存在しない。ここで下手に見逃して、ことが霜村の耳に入ろうものなら、懲戒レベルの大事になることは目に見えている。できることなら狡噛と同期の自分の裁量で解決したいと青柳は思った。

「だいたい、うちの大将が一係を目の敵にしてることぐらい知ってるでしょ。あんたが協力してどうすんのよ」

指を立て、美しく伸びた爪を神月の眉間に押しつけると、神月も困惑顔で言い返す。

「でも、しょーじきなところ、俺らの調査だってどん詰まりじゃないですか。医療関係駄目、薬品関係駄目、学者関係みんな駄目。藁《わら》にもすがる気持ちっつーか」

「それは十分承知の助よ」

「承知の助って……。青柳さん時々変な言葉使うよな」

「粋《いき》と言いなさい」

神月の眉間をぴんとはじく。

「で？　佐々山くんなんだって？」

「やっぱ興味あるんじゃないですか」

「そりゃそうよ。手がかりのない捜査に辟易《へきえき》してるのは私も一緒。それに佐々山くんの捜査能力には私も一目置いてるしね」

佐々山のもたらしたヒントが有効ならば、それを二係が引き継いで調査すればいい。あわよくば自分の手柄に、という思惑を隠そうとしないところが青柳の信頼に足るポイントだ、と神月は思う。

「桜霜学園の藤間っていう教師について調べてくれって」

「藤間？」

「被害者発見の前日に、廃棄区画付近で目撃情報があるらしくて。で実際調べてみたら、こいつがなかなかやっかいな経歴の持ち主でね……」

3

「一四歳で廃棄区画内で保護……？」

シャワーで濡《ぬ》れた頭をタオルでおおざっぱにかき回しながら、佐々山は神月から送られてきた資料に目を通していた。

桜霜学園社会科教諭で瞳子の想い人——藤間幸三郎の資料だ。

添付された写真データを見ると、柔和な面持ちに左頰の泣きぼくろが艶《なま》めかしく、なるほどいかにも女子高生が好意を寄せそうな男だと思う。

佐々山の短髪から滴がしたたり、ホログラムにノイズを生んだ。


藤間幸三郎——一四歳（推定）時、扇島地下廃道内で浮浪しているところを、人権団体により保護。

保護された際記憶喪失状態であった。

よってそれまでの経歴不明。

保護者らしき人物は発見されず。

戸籍無し。


「戸籍無し？　藤間も無戸籍者だったのか？」

資料に視線を預けたままソファーに座り込むと、片手でタバコを取り出し火をつける。

目の前に立ちこめる煙を気の急《せ》く様子で払い、資料を読み続ける。

その後は児童養護施設で育ち、他から遅れること五年で教育機関を卒業。

本年度教師の職に就く。

メンタルヘルス、知力ともに良好。

一四年の空白期間を一切感じさせない成長に、施設関係者からの評価も高い。

「一四年間も廃棄区画で浮浪児やってて、メンタルヘルスが良好？」

そんなことがあり得るのだろうか。

シビュラはどんな些細《ささい》な色相の悪化も正確に嗅《か》ぎつける。そんなシビュラ判定に一喜一憂し、日々の色相ケアに血眼になっているのがこの国の一般的な国民だ。

上司に怒られては色相ケア、恋人に振られては色相ケア、はては雨が降っても風が吹いても色相ケアに奔走する。それほどまでに、周辺環境が色相に及ぼす影響は大きいと考えられているし、実際問題それは正しい。

それなのに、藤間は保護されてからこれまでにわたって、一貫して健常な数値をキープし続けている。

保護児童への温情か？

勿論《もちろん》、平等をモットーとしたシビュラにそんな機能はない。

特殊な薬剤の服用か？

それなら考えられるが、そんな強力な薬を長期にわたって使用して、なんらかの精神的不虞が発生しないとは考えにくい。

生まれついての、とんでもない人格者か？

そうなってくると、『俗人』というプラカードを首から提げて生きているような自分には、及びもつかない人物ということになる。何か妙だ。

疑惑が、半紙に垂らした薄墨のように佐々山の中に広がっていく。

佐々山は再びタオルごと頭をかき回す。滴が飛沫《ひまつ》し、藤間の顔写真を歪《ゆが》ませた。

ただ、この藤間という男がシビュラによって善人と認定されているということは確かだ。

犯罪に関わるなどあり得ない、虫も殺さぬような人間だと。

だとすれば、やはり藤間は事件には無関係なのか。ならば何故、マキシマという男とつながりがあるのだろう。

思考は留《とど》まることなく巡る。

タバコの火が吸い口まで迫り佐々山の指を熱くして、ようやくその思考に小休止を与えた。

とんだ屈辱だ。

怒りで頭に血が上り、おかげで視野が狭くなっている。

それほどの怒りを全身に宿しながら、狡噛は執行官隔離区画の廊下をひた走った。

先ほど同期入局の青柳監視官から告げられた事実が体中を駆け回り、血液を沸騰させる。

佐々山が、自分の目を盗んで標本事件の捜査をしている——

それを同期の、しかも別の係の監視官から指摘されたことがとにかくやりきれない。

これまでの五年間、狡噛が佐々山と必死で築いてきた信頼関係を全て反故《ほご》にされたような気がして胸が疼《うず》く。

この怒りが佐々山に向いているのか、自分自身のふがいなさに向いているのか、そんな思慮さえかなぐり捨てて、狡噛は走った。

途中執行官ラウンジで征陸が狡噛を晩酌に誘ったが、狡噛の狭窄《きょうさく》した視野に彼は映らなかった。

4

佐々山の部屋の前まで来ると呼び鈴も押さず、監視官権限でドアキーを解除して押し入る。短い廊下を大股《おおまた》でやり過ごし、リビングへ通じる扉を開けると、上半身裸で頭からタオルを被《かぶ》った佐々山が狡噛を迎えた。

「なんだよ狡噛。俺今まさにズボンはいたとこだぜ？　もうちっとデリカシーってもんをさ……」

佐々山はいつもの調子で軽口を叩《たた》きかけたが、狡噛の異常な様子に気づき、すぐに口をつぐんだ。

狡噛がなんのために自分の部屋を訪れたのかは明白だ。

目の前に展開されている藤間幸三郎の資料と、狡噛の怒気をはらんだ表情。それを交互に見比べて軽くため息をつき、あとは黙った。

佐々山はこうなることを予想していなかったわけではない。ただ、こうなったときに自分が狡噛に何を語るのか、それは考えていなかった。考えたところで、何かが好転する気もしなかったし、好転させようとも思わなかった。

吸いかけのタバコを灰皿に押しつけ、煙の行方を目で追う。

しんとした空気が空間を満たす。

口火を切ったのは狡噛だった。

「佐々山、お前……二係の神月に調査協力を要請していたらしいな」

「ああ」

「監視官の指揮下以外で、執行官が勝手に行動することは許されていない」

「知ってるよ」

「なら何故俺に言わなかった」

「お前に言ってどうなる」

佐々山の言葉に、狡噛はぐっと息を詰める。

狡噛の視線がさまようのを見て、佐々山はさらに言葉を続けた。

「お前に、藤間が気にかかる、これは刑事の勘だと言ったところで、お前はそれを信用するのか」

「当たり前だ」

狡噛の声が明らかに浮ついていて、佐々山は思わず鼻で笑う。

「よく言うよ」

「俺は！　監視官として、執行官には常に信頼を置いている。だからお前も俺を軽んじるようなことは……」

狡噛の言葉を遮って、佐々山がローテーブルに拳《こぶし》を叩きつけた。

激しい音と共に灰皿がひっくり返り、床に転がる。灰がもうもうと舞い、煤《すす》けた香りが部屋いっぱいに広がって、もう何もかもが煩わしいという思いが、佐々山を支配していく。

「だからな?!」

水気を含んだタオルを、灰の散らばる床に叩きつけて佐々山は声をあげる。

「んなもん初めっからねぇんだよ！　俺達の間にあるのは信頼なんかじゃねぇ！　ただ、飼うか飼われるかの関係だ！」

佐々山の言葉に反応し、狡噛の瞳《ひとみ》に否定の炎が灯《とも》る。その炎が佐々山を、さらに凶暴な感情に駆り立てる。

「狡噛、お前こないだ、刑事の勘だと言った俺を鼻で笑ったな」

狡噛の胸の内が、冷や水を浴びせられたように寒々とする。

「信頼信頼言ってても、お前自身に俺を信頼する気がねぇ。上っ面では大切な相棒気取ってても、その実、執行官のこと頭のおかしい狂犬だと思ってる。そうだろ？　お前のそういうところ、虫唾《むしず》が走る」

佐々山は、目の前にいるこの有能で純粋な男を、どこまでも否定してやりたいと思った。彼の信条、信念、そういったものを全部ぶちこわす権利が、何故か自分にはあると思った。その権利の代償として、自分の全てをなげうってもいい。いや、自分の全てをなげうちたいがために、狡噛に牙《きば》を剝《む》いていた。

佐々山は、藤間幸三郎に関する調査を独自に展開していこうと決意した時点で、自分の刑事人生の終結をある程度覚悟していた。できることならば全てを見届けてから公安局を去りたかったが、そんな望みは激情に流されてどこかへ消えた。

「別に悪いことじゃない。当たり前のことだ。執行官の俺自身がわきまえりゃいいことだし、実際今までそうやってきた」

言いながらやりきれない思いがこみ上げてくる。

「ただもう……バカらしい……。そうまでして執行官って職業にしがみついてるのが……」

そこまで言うと、佐々山は思い出したように床に落ちた吸い殻を拾い始める。

薄明かりの中、背を丸め、床にしゃがみ込む佐々山は余りに小さくて、狡噛はただ呆然《ぼうぜん》とその姿を見つめていた。

「俺を撃ちたくないと言ったな。だが方法はいくらでもある。上に進言するなりなんなりすればいい。そうすりゃ俺はすぐに施設送りだ。お前の気の済むようにしろ」

佐々山はまとめた吸い殻を器用にゴミ箱に放り投げると、立ち上がりながら言った。

「ただ、藤間の件はお前が引き継げ。信頼しなくてもいい。俺の置き土産だと思って、な」

狡噛のデバイスが、ファイルの受信を告げる。

それを見届けて、佐々山は静かに部屋を出て行った。

主《あるじ》のいない部屋で、狡噛は一人茫漠《ぼうばく》と立ち尽くした。

佐々山がいなくてもこの部屋はヤニ臭い。

佐々山が執行官になって以来ずっと、この部屋はタバコの煙に燻《いぶ》され続けているのだ。当然臭いも染み付く。壁も電灯もヤニで煤け、この部屋の明度を他より数段落としている。それだけの年月を、佐々山は執行官として過ごしてきたということだ。

それは佐々山が執行官という職業に少なからず意義を見いだしていたということを示している、狡噛はそう思っていた。しかし、先ほどの佐々山の発言は、彼に執行官を続ける意志がないということを明確に表していた。

公安局に配属されてからというもの、狡噛の刑事活動は佐々山とともにあったといって過言ではない。

別に狡噛が望んだことではないが、狡噛に輪をかけて杓子《しゃくし》定規な宜野座と一係の監視官を任されるにあたって、自然と佐々山と組む機会が多くなった。狡噛にとって監視官の職務とはすなわち佐々山の監視であり、それをまっとうすることが自分の職責だと、いつのまにか思うようになった。

そんな狡噛にとって佐々山を失うことは自分の職務上の指針を失うことと同等である。自分が足下から崩れていくような気がして、立っているだけで精一杯だった。

「おう」

不意に後ろから声がして、狡噛は振り返る。

酒瓶をちょうど顔の横あたりにかかげて、征陸が立っていた。

「ちょっと俺の部屋で一杯付き合わねぇか？」

そう言うと征陸は顔に刻まれた皺《しわ》を深くして、くしゃりと笑った。

5

狡噛を自室に招き入れた。

「悪いな、あまり片付いてなくて」

征陸は床に置かれた画材を素早くまとめると、狡噛を自室に招き入れた。

片付いていないという言葉に反して、その室内は寒々しいほどに整然としている。

狡噛はがらんとした室内を見回しながらゆっくりと部屋に入った。

「ま、座れよ。ろくなつまみないけどな」

そう言うと征陸はキッチンの収納棚から二つのロックグラスを取り出す。

「とっつぁん……俺は酒は」

「まあまあ、たまにはおっさんの楽しみに付き合ってくれよ」

グラスの中で氷がぶつかり合う音が部屋に響く。そのグラスの中に琥珀色《こはくいろ》の液体を注ぎ込み、狡噛へ差し出す。

有無を言わせぬその動作に押し切られ、狡噛は両手でそのグラスを受け取った。

ひんやりとした感触が両掌《りょうてのひら》に広がって、狡噛は自分の思考がほんの少しだけクリアになったように感じる。

促されるままにキッチンに備え付けられた丸椅子に腰掛け、手の中のグラスを当てもなく弄《もてあそ》ぶ。氷がつやつやと照明を乱反射して美しい。この琥珀色の液体は、たしかウィスキーというんだった、と途方もない気持ちを抱えながら思う。

「最近、どうだ」

征陸の漠然とした問いに上手《うま》い答えが見つからず、狡噛は口ごもる。

「どうって……」

「光留とだよ」

征陸はそう言うとゆっくりグラスに口をつけ、満足げに鼻から息を逃がす。

「うん、美味《うま》い」

アイスペールに入った氷を手づかみで一つ二つグラスに追加し、さらにウィスキーをつぎ足す。その手慣れた動作が、狡噛の目にはいかにも頼もしげに映って、彼の重い口を開かせた。

「とっつぁん……」

「ん？」

「あいつ……刑事をやめるかも知れない」

掌の中で氷がカランと音を立てる。

「やっぱりな……」

思いも寄らぬ征陸の返答に、狡噛は顔を上げる。

「何か知ってるのか？」

その問いに、今度は征陸が思いも寄らないというふうに顔を上げた。その表情は徐々に哀れみを帯び、寄せられた眉《まゆ》は征陸の瞳に暗い影を落とす。

「コウ……お前、何も聞いていないのか」

狡噛の心に何度目かの鈍痛が走る。先ほど佐々山に浴びせられた言葉の槍《やり》が、再び自分に降り注いだようだ。

「どういうことだ」

「光留がお前に話していないんなら、俺の口から話すべきじゃあないだろう」

グラスを傾けウィスキーを飲み干すと、征陸は言葉を続ける。

「いいか、コウ。人間関係ってのは職務上の必要に応じて自然に生まれるものじゃあない。どんな人間同士でも、理解し合おう歩み寄ろうという意志なしに関係性は築けない。お前は監視官っていう立場にとらわれすぎて、そこんとこおざなりにしてたんじゃないのか？」

征陸はそう言うと、「ん？」と優しく狡噛に微笑みかける。その思慮深げな笑みが、狡噛の胸につかえていたものをじんわりと溶かしていく。

そう言われてみれば、と狡噛は思う。

自分が佐々山との関係を考えるときは常に『監視官として』ということを念頭に置いていた気がする。監視官として佐々山に接し、監視官として佐々山に信頼を寄せた。

しかしそれははたして、本当の信頼関係と言えるのだろうか。口先だけで仲間だ信頼だと言ったところで、その言葉は佐々山には薄ら寒く感じられやしなかっただろうか。

かつて、麻雀卓《マージャン》を囲んだときの佐々山の言葉が蘇《よみがえ》る。

『見るべきは、人だ。狡噛。相手の表情、目線、息づかいや発言の変化。そういうのを見て、相手の狙いを読むんだよ。そうすりゃ自《おの》ずと、自分の進むべき道が見えてくる』

そして、人を見られない場合はどうしたらいいと問う狡噛に佐々山はこう答えた。

『そんな場合はねぇ。そういうときはたいがい、てめー自身に、人を見る気がないんだよ』

あのときは反発しか感じられなかった言葉が、今はずっしりと身に堪《こた》える。

あの頃から、いやそれより前からずっと、佐々山は狡噛の相棒論がいかに上滑ったものであったか、気づいていたのだ。

「まあ飲め」

クルクルと回転する思考に飲まれ、促されるままに琥珀色の液体をぺろりと舐《な》めると、目の覚めるような刺激とともに、鼻腔《びこう》一杯にさわやかな香りが満ちる。のど元が熱くなり、胃が痺《しび》れ、かつて無い口内の感覚に目眩《めまい》がする。

しかしけして、不快ではない。

再びグラスを傾ける狡噛を満足そうに見つめて、征陸は言う。

「たしかに、俺達執行官と付き合うには一線引くことも重要だ。だがなコウ、俺達は人間だ。お前も人間だ。関係を結ぶのは監視官だ執行官だっていう立場じゃない。人間同士なんだ。ちゃんとぶつかれ。ぶつかって飛び越えろ。お前ならできるさ、コウ」

胸が熱くなるのは、酒のせいだけではないだろう。

自分の中に沸き上がってくる何かが狡噛を突き動かす。

征陸に小さく礼を告げて立ち上がると、狡噛は部屋の出口へと向かった。

瞬間、微《かす》かな不安がよぎり征陸を振り返る。

狡噛の不安を読み取ったのか、征陸は微笑んで告げた。

「大丈夫だ。酒だってちゃんと美味かっただろ？」

初老の男のウィンクに背中を押され、狡噛は勢いよく部屋をあとにした。

6

「ぶえっ……くしっ！」

執行官ラウンジに、佐々山のくしゃみが響いた。

冬のラウンジは寒い。

濡《ぬ》れた髪は佐々山の身体から体温を奪い、おまけに上半身裸ということもあって先ほどから何度かくしゃみが出る。部屋に戻ろうかとも思ったが、狡噛がまだそこに佇《たたず》んでいるような気がして、腰が上がらない。

どんどん下がっていく体温とともに、佐々山の頭も冷静になる。

言い過ぎだったか……。

部屋に残してきた狡噛の後ろ姿がちらついて、さらに体感温度が下がる。

あれが漫画なら、狡噛の頭上に『しゅん……』と擬態語が浮かぶぐらいのしょげぶりだったなぁ、などと愚にもつかないことを考えて茶を濁そうとするが、うまくいかない。

言い過ぎだった。

執行官を辞めたいだけなら黙って退職願を出せば済む話なのに、その判断を狡噛に投げたうえに悪《あ》し様に罵《ののし》った。

「二八にもなって、なに年下に甘えてんだ、俺は」

小さくつぶやくと、自分の眉間《みけん》を何回か拳《こぶし》で小突く。

そうだ、甘えてるのだ自分は。

自分の気持ちなんかわかりっこないと当たり散らして、親の気を引く子どものように。

一度わめききって冷静になってしまうと、恐ろしいほどに自分の内面が客観視できる。

気が引きたかったのだ、狡噛の。そして狡噛であればわかってくれると甘えて傷つけた。

監視官と執行官の間に信頼関係なんて無いと言っておきながら、自分が誰よりも強くそれをねだったのだ。

「何やってんだ俺は……」

沸き上がる羞恥《しゅうち》と後悔にことさら強く眉間を突くと鼻水がたれて、慌ててすすった。

「そんなカッコでいると、風邪引くぞ」

背後から聞こえる狡噛の声に、身がすくむ。

引導を渡しに来たのだろうか。

責任感の強い狡噛のことだ。自分の処分を上にゆだねるなんてことはせずに、自分で始末をつけようとするに違いない。きっと振り向けば悲壮な表情でドミネーターを向けているだろう。

今生の別れを覚悟しゆっくりと振り向くと、そこに立っていたのは、ドミネーターではなくジャケットを手にした狡噛であった。

口を一文字に結びジャケットを差し出す狡噛の気迫に、思わず手を伸ばしてハッとする。

「いやっ、いい！　いいよ！」

「鼻水たれてるぞ」

「あ？　いいんだよ別にっ。だいたいヤローの上着なんか羽織れるかよきもちわりぃ」

また余計なことを口走ったと、佐々山は慌てて席を立った。

「部屋に戻る！」

ここで部屋に戻られたらまたいつもの繰り返しだと、狡噛は立ち上がる佐々山に慌てて声をかける。今自分の中に沸き上がる情動を止まらせたくない。

「待て佐々山！」

自分が思っていた以上の大声が出て狡噛は驚いたが、佐々山も同じく驚いたのかびくっと背中を跳ね上げ立ち止まった。

「少しだけ、時間をくれないか……」

懇願するような声に振り返ると、いまだジャケットを差し出した腕を引くこともできずに立ち尽くしている狡噛が目に入る。その姿はあまりに寄る辺なく、これから執行官に引導を渡す監視官というシチュエーションには、到底そぐわなかった。

佐々山は反省を踏まえ、慎重に言葉を発する。

「なんだよ」

佐々山が自分に正対したと見るやいなや、狡噛はその頭を勢いよく前方に倒し大声で言った。

「すまなかった！」

狡噛の低くよく通る声が、執行官隔離区域にこだまする。

突然の謝罪に佐々山はたじろいだが、頭を下げている狡噛は当然それに構うことなく、謝罪を続けた。続けたと言っても「すまない」と「俺は」を繰り返すばかりで、その先の言葉はうまく出てこないようだった。何度も何度も言葉を詰まらせながら、佐々山にわび続けた。

何が「すまなかった」のか、「俺は」どうしたいのか、謝罪の趣旨はいっこうに明らかにならない。しかし、佐々山にとってはそれで十分だった。

言葉が続かない事実が、それを必死で探し続ける姿が、狡噛の自分に対する誠実さを何よりも物語っていた。

狡噛がこういう人間だったからこそ、自分は今までこの男のもとで執行官の職をまっとうできていたのだと、執行官としての過去が全て腑《ふ》に落ちる。甘えもするさと、自分の行いを正当化さえできた。

狡噛に歩み寄りその肩にそっと手を添える。

「もういいよ。わかったから」

優しく声をかけ狡噛に頭を上げるよう促したが、狡噛はそれを頑《かたく》なに拒んだ。

「いやっ、俺はまだ何もお前に伝えられてない！　俺の思っていることの一割も……」

ここで具体的な数字が出てくるあたり狡噛らしい。こんなときまで律儀な狡噛に尊敬の念さえ抱き、自分でも驚くほど素直に言葉が出る。

「いや。わかったよ。俺も悪かった」

佐々山の謝罪に今度は狡噛がたじろぎ顔を上げ、わなわなと唇を震わせている。

「俺は……」

「ああはい、もうわかったから」

「いや、わかってない！」

「わかったわかった」

「わかってない！」

「おい、しつけーな」

「佐々山ァ！」

「なんだよ！」

押し問答の末、狡噛は絞り出すように言った。

「執行官を……やめるな……。俺はまだ……お前から学ぶべきことがあるんだ……」

この男は――

この男は、と佐々山は思う。

萎《な》えていた職務への意欲が蘇《よみがえ》ってくるのを感じて、佐々山は背筋を伸ばした。

「やめねえよ」

その言葉に、狡噛の頬が緩む。その反応があまりに素直なので、佐々山の頬まで緩んだ。

「変なやつ」

「そうか……？」

「執行官に謝る監視官は珍しい」

腑に落《お》ちないというように小首をかしげる狡噛の肩に腕を回し、もう片方の拳で頭を小突く。

「お前がいい奴だって話だよ！」

先ほどまで佐々山の体にまとわりついていた寒気は見る影もない。

気づくと狡噛もその顔を上気させている。持ち前の軽快さを取り戻した佐々山は、いたずら心の命ずるままに狡噛をからかう。

「なんだよ狡噛顔赤くして。泣いてんのか？」

案の定、狡噛は佐々山の期待通りにうろたえて弁明した。

「いやこれは……さっきとっつぁんとこでウィスキーを一杯な……」

その言葉に佐々山は、天を仰いだ。

征陸智己――彼には刑事課のゴッドファーザーという称号がふさわしいだろう。


その後、二人は佐々山の部屋で初めてサシで酒を酌み交わした。

さっきまでの狡噛にとって、佐々山の部屋はやに臭く酒に堕落した居心地悪い空間だった。しかし今、佐々山とともにいるこの場所は、いかにも子どもの頃作った秘密基地めいて、狡噛に心地よい万能感を与える。

ウィスキーの琥珀色《こはくいろ》が優しく部屋中に乱反射して美しい。

これが酔うということか、と狡噛は思ったがそこに恐怖や罪悪感はない。今は佐々山と二人、この心地よい感覚に身をゆだねていたかった。

狡噛はかつてないほど饒舌《じょうぜつ》になった。佐々山は普段と変わらないものの、ポツリポツリと自分のことを語った。

「妹が死んだんだ」

真上から当たる暖色の照明が、うつむく佐々山の顔に暗い影を落としその表情を隠したが、佐々山らしからぬ淡々とした口調が逆に、彼が必死で抑え込んでいる激しい感情を浮かび上がらせた。

一言言っては黙り、グラスを左右に傾けては口元へ運ぶ動作をくり返す。

狡噛も佐々山の気を急《せ》かさないようにと、黙って佐々山に似た動作をくり返した。

「うちは、俺と妹と親父の三人ぐらしでさ。まあ、その親父ってのがとんでもねぇやつで……。アフィでつくった申し訳程度の金も、みんなよくわかんねぇ薬につぎ込んじまう。いちんちじゅう家にいて、ずっとボンヤリ夢見てるみてぇだった……。多分ほとんど狂ってたんだろうな。薬が切れりゃ大暴れして俺たちを殴った」

シビュラはあくまでも社会構築のためのシステムであり、ドメスティックな問題に関しては干渉を避ける傾向にある。それは、このシステム成立時の社会的対立の痕跡《こんせき》であると言われている。

精神の数値化——サイマティックスキャンに初めて触れた人々は、その精度に驚嘆し前人未到のテクノロジーを歓迎したが、それと同時に息苦しさを覚え、当時はシビュラにおけるプライバシーのあり方に関する法案が乱立したのだという。

今ではそのほとんどが形骸《けいがい》化、もしくは廃止されているが、それでもシビュラが家庭内の問題に不干渉気味であるという傾向だけは踏襲され続けた。

つまりどんな悪人も家から出さえしなければ、存在しないに等しいということだ。

とはいえ、義務化された定期検診や街中にあふれるサイコ＝パススキャナーにより、現在家庭内の問題はほぼ存在しないと言われている。

しかしごく稀《まれ》に、佐々山家のような不幸な状況も生まれてしまう。

佐々山は、ゆっくりと言葉を紡ぐ。

「俺が殴られる分には構わねえ。あんな薬中のパンチ、たいしたことねえんだ。ただ……あいつは……マリに……」

そこまで言うと、佐々山はグラスに残っていた液体を一気に飲み干し、テーブルに乱暴にグラスを叩《たた》きつけた。目眩《めまい》がするのか右手で自分のこめかみを強く押さえてゆっくりと息を吐き出す。タバコを一本取り出して火をつけると、深く吸い込んだ。

「親父を、殺そうと思った」

殺すという言葉が煙になって空間を漂い、低速で回転するシーリングファンがそれを拡散させる。

「ある日、すげー天気が良かったから……。不意に思い立って、親父を殴った。殴って、殴って、肉団子になるまで殴ったんだ。そんで、その肉団子を引きずって公安局の前まで行った。……そんで、今に至るとさ」

佐々山の口から語られた過去はあまりに重く、最後におどけてみせた笑顔も、狡噛の目には痛々しく映った。

「変だよな……。俺はてっきりその場で殺されるかと思ってたのに、俺の数値ではパラライザーがいいとこだとよ。あのクソ親父が息吹き返したからかねぇ。俺にはよくわからんが。とにかく俺はご丁寧に更生施設に収容されて、今となっては立派な猟犬ってわけだ」

根元まで吸ったタバコを灰皿にぎゅうぎゅうねじりつけた。

「でも俺は満足してたよ。少なくとも妹を守れたってな。執行官の仕事も嫌いじゃない。自分のやってることが、どこかであいつを守ることに繋《つな》がってるって思ったからだ。でも……」

佐々山の言葉が詰まる。骨張った手で頭を抱え、血の出そうな勢いで掻《か》きむしる。

「あいつ……死んじまった……。自殺だったんだ……遺書には、『さみしい』って……」

細切れに吐き出される息は、佐々山が必死で嗚咽《おえつ》を堪《こら》えていることを物語っていた。

うつむいてできた影の中で、幾粒もの水滴がきらきらと光る。

「俺がやったことは、ただあいつを孤独にしただけだ。三人きりの家族だったのに……俺が全部壊しちまったんだ。自分勝手な正義感で……」

今度は膝頭《ひざがしら》を拳《こぶし》で強く打つ。その乱暴な仕草に狡噛は不安を覚えたが、どうすることもできない。

ただ息を詰めて佐々山を見つめていた。

「自殺の知らせを受けても、葬式にも行ってやれねぇ……。俺は……今まで……一体何を……」

短い沈黙のあと、鼻水をすすりながら顔を上げた佐々山は、鼻頭こそ赤かったものの、その表情にすでに涙はなかった。

強い男だ、と狡噛は思う。

狡噛はずっと羨《うらや》んできたのだ、この男のしなやかさを。

しかしそのしなやかさの裏にこんな激情があったとは想像だにしなかった。そんな自分が恥ずかしくて、グラスを一気に空けた。

「まあ、そんな感じでな……。ここんとこずっとお前に当たり散らしてたのは、なにも、お前が悪いわけじゃねぇんだ本当は。ただ、なんだかよくわからなくなっちまって……自分が何で執行官なんかやってるのか。こんなことに、意味があるのか……」

佐々山の言葉に、狡噛の中で再び不安が広がる。佐々山の悲しみをせき止める方法がどうしても見つからなくて、狡噛は唇をまごつかせた。

再び沈黙が訪れた。今度は、長い沈黙だった。

何度かグラスの中で氷が崩れ落ち、硬質の音色が部屋に響く。

狡噛はやっとの思いで口を開いた。

「やめるな……佐々山……」

結局、狡噛に言えるのはこれだけだった。

佐々山の傷を癒《いや》す術《すべ》は狡噛にはない。ただ自分が佐々山という存在を必要としているということ、それを伝えることが、今自分にできる唯一のことだと思った。

佐々山自身がどう思っていようが、狡噛は彼が何かを守る力を持っていると確信していた。監視官の自分では到底持ち得ない深い洞察力、鋭い直感力、そして自分を犠牲にしても何かを守りたいと思う強靭《きょうじん》な精神力。

彼こそが『刑事《デカ》』だと思った。

執行官や監視官という立場を超越した『刑事』という存在だと。

まっすぐに自分を見つめる狡噛の視線に射貫《いぬ》かれて、佐々山は少し後ろめたいような気持ちになる。自分が、目の前の誠実な男の期待に応《こた》えられるような人間ではないという思いが頭をよぎる。

それでも。
一度は投げ出そうと思った人生だ。
ここでもう一度、目の前の青二才にその身を預けても構わない。
佐々山は微笑み、静かにうなずいた。

第六章　わるいまほうつかいたいじ

1

日本には、準日本人認定制度というものがある。

二〇二〇年代以降、欧州から端を発した全世界的経済破綻《はたん》により、各国の政府機能は事実上崩壊。

激化した国際紛争からの自衛策として、日本は他国との国交を断絶した。

従って、外国人の入国には厳しい制限を強いているのだが、ある一定の条件を満たせば国内で生活することが許される。

それが、準日本人認定制度である。

まず、入国希望者は九州に設置された特別区域に一時留め置かれる。

そこでシビュラシステムの管理下に入ることを受諾し、サイコ＝パス測定を受けた上で、所定の教育機関で日本の言語・習慣・法律の単位をある程度取得すると、準日本人として国内に迎え入れられるのである。

準日本人は、参政権と表現活動にある一定の制限は設けられるものの、基本的には他の日本人と同じ生活が保障されており、シビュラの恩恵も等しく受けられる。

しかし、入国した準日本人の中で、シビュラの指定した職業に就くものはほとんどいない。

世界の経済体制が崩壊した今、日本に渡航できるものは極めて少なく、それを為しえた彼らの多くが、莫大《ばくだい》な資本を持っているためである。

あるものは趣味に、あるものは慈善事業に。安全を求めて日本を訪れた彼らは、余生を自身の資本を緩やかに消費することだけに費やすのが常であった。

アベーレ・アルトロマージも、そんな準日本人の一人である。

アルトロマージは日本に訪れてからの二十数年間、一貫して廃棄区画の無戸籍児童救済活動にあたってきた。

彼の活動は他の人権派準日本人たちから多大な賛同をえて、彼の抱えるＮＰＯ法人は今や国内最大の人権擁護組織へと成長を遂げていた。

年の瀬の冷たい風が、アルトロマージの薄い頭髪を引き抜かんばかりの勢いで吹きすさぶ。

彼は豊かに脂肪を湛《たた》えた腹を揺らしながら、藤間学園の門をくぐった。

藤間学園——アルトロマージも一部運営に関わる私営の児童養護施設である。彼が過去に保護した児童の何人かは、この学園から社会に巣立っていった。恭しく白髪の頭を下げアルトロマージを迎える女性は、この学園の園長だ。

彼女の背後には、様々な年齢の児童数十人が控え、物欲しげな表情を浮かべている。

アルトロマージは思う。

この国はシビュラシステムによって完成された、超格差社会だと。

経済活動はすべて国内で完結し、その富はシビュラシステムの職業適性考査という概念のもと、ほぼ平等に国民に分配される。誰もが等しく豊かな暮らしを享受できるのだ。

ただし、シビュラシステムの管理下にいれば、である。

シビュラは自分の懐にいるものたちにはその慈愛を惜しみなく与えるが、そこからあぶれたものには一切の興味を持たない。

廃棄区画で育つ無戸籍児童が、まさにあぶれたそれであった。

彼らは戸籍を持たないのと同時に、シビュラシステムにその存在を登録されていない。シビュラにとってそれは視認できないのと同義である。そのため彼らは、多くの国民が当然のように受けるシビュラの恩恵を一切受けることなく、想像を絶する環境の中で生きてゆくことを余儀無くされるのである。そして、ほとんどの国民がその現状を知らない。

シビュラを信奉する国民には、シビュラからあぶれるものの存在など想像も及ばないのだ。

だからこそアルトロマージは思う。この社会はある意味で完成されていると。

この状況の変化をだれも望まない、という意味で。

アルトロマージは、無戸籍児童を一人でも多く日の当たる場所に連れ出し、シビュラの恩恵を受ける立場におくことに心血を注いだ。廃棄区画の定期的な視察を行い、政府にはその解体を要請した。

人口減少著しい現代日本において大規模解体事業は遅々として進まなかったが、それでも無戸籍児童の保護という点においては、自分は一定の成果を上げていると自負していた。

そんなアルトロマージのことを、だれもが口を揃えて人格者だと讃《たた》えたが、彼はそれが間違いであることをよく知っていた。

彼が、人権擁護活動に夢中になる理由はただ一つ。

暇だったからだ。

アルトロマージが日本にやってきたのはまだ彼が三〇代にさしかかってまもなくの

頃だった。安全な場所でただ漫然と余生を過ごすには彼は若すぎたのだ。

アルトロマージは無戸籍児童救済活動を、まるでキツネ狩りのように楽しんだ。学園内に歩みを進めるアルトロマージを園児たちが取り囲む。皆口々に感謝の言葉を述べ、自分はどこどこで保護されただの、自分のことを覚えているかだの、おもねるように語りかけてきたが、それら全てがアルトロマージにはどうでも良いことだった。

彼が心血を注いだのはあくまでも廃棄区画にいる児童の捕獲であり、捕獲した彼らのそのあとになど、なんの興味もなかったからだ。

実際、藤間学園に彼が訪れたのは十数年ぶりのことである。今日も「学園のウン十周年記念パーティーだから是非」という園長の懇願に仕方なく訪問したに過ぎない。

子供達に手を引かれるまま小さな講堂に入ると、そこには申し訳程度に立食の宴席が用意されており、すでに何人か顔見知りの準日本人が談笑していた。彼らの傍らには、様々なお菓子やおもちゃが積み上げられ、子ども達が我れ先にとそれに群がっている。

その光景に、アルトロマージは自分の失策を呪う。奴らがいるなら、自分も何か手土産を用意してくるんだった。手配の電話をしようと身を翻すと、彼らのうちの一人がアルトロマージに声をかけた。

舌打ちを隠し完璧《かんぺき》な友愛の笑顔を彼らに向けると、スピーカーから音楽が流れ出しパーティーが始まった。

漫然とした時間が流れる中で、何組かの子ども達がステージ上で遊戯を披露し、アルトロマージ自身も請われるままに壇上で短い祝いの言葉を述べる。「自分の境遇を嘆くことなく頑張れ」とか、「恩は社会に返せ」とか、お決まりの名台詞《めいぜりふ》がなんの苦労もなく口から出る。

スピーチは自分の舌先に任せたままボンヤリと講堂内を見回すと、一人の青年がアルトロマージの目に入った。

明るめの髪は綺麗《きれい》に切り揃えられ、その顔には柔和な笑みをたたえている。落ち着いた様子でこちらを見つめる姿は、貴族的ですらあった。

NPO関係の準日本人だろうか。

思い巡らせてみても、思い当たる人物はいない。

年の頃は二〇代半ばくらいか。園児にしては年長すぎる。

不思議な青年に視線を向けたままスピーチを終え壇上を降りると、園長が小走りにやってきて満面の笑みでアルトロマージに告げる。

「彼、今年卒業したんですよ！」

園長の過ぎたテンションに若干の不快感を感じながらも、アルトロマージは笑顔で聞き返す。

「今年の、ですか？　それにしては彼は、少し年長に思えるのですが……」

彼の言葉に、園長はやや不服そうに顔をしかめて、すぐに作り笑いを浮かべた。

「あら、覚えてらっしゃいませんか？　十年前に、あなたが企画なさった扇島の視察で保護された男の子ですよ！」

彼女はそれから「すぐ呼びますから」とほとんど独り言のように言い残して、青年のもとへ小走りに駆けよっていくと、強引に手を引いて彼を誘導した。突然のことに狼狽《うろた》えるそぶりもなく、青年は園長に手を引かれるまま、アルトロマージのもとへとやってくる。

ゆっくりと自分に近づいてくる青年を見つめながら、アルトロマージが記憶の糸をたぐり寄せると労することなく「十年前」「扇島」という二つのキーワードが結びついた。

アルトロマージの胸に当時の思い出が一気に去来する。青年の顔立ちに少年の面影が沸き立って、アルトロマージは息を飲んだ。

たしかに彼だ。

過去アルトロマージが保護に携わってきた無戸籍児童の中で、最も凄惨《せいさん》な環境にいた子ども。しかし彼が置かれていた劣悪な環境以上に、アルトロマージの胸にはある出来事が刻みつけられていた。

向かい合うアルトロマージと青年の間で視線を行きつ戻りつさせながら、園長が説明を始める。

「彼、今日あなたがここにいらっしゃるって聞いて、どうしてもパーティーに参加したいって言ってきたんですよ。今までは学園によりつきもしなかったのに」

園長の言葉に青年はばつの悪そうな笑顔を浮かべると、細い腕を差し出しアルトロマージの手を握る。

「初めまして。藤間幸三郎です」

見た目に反した握力の強さに、アルトロマージは少し驚く。

「ずっと、お会いしたいと思っていました。僕を、あの扇島から連れ出して下さった方に」

丁寧な言葉遣いに、清潔な身なり。今の彼を見て、彼がかつて廃棄区画の無戸籍児童だったなどということを想像するものは一人もいないだろう。アルトロマージは青年の変貌《へんぼう》ぶりに感心する。

「先ほどのスピーチ、感動しました。とくに『恩は社会に返せ』という言葉……。実は僕も今、社会に対してアプローチをしようと、ある試みをしていましてね。是非あなたにもご協力頂きたいと思っているんですよ」

「まあ！　幸三郎、それは素敵だわ」

藤間の言葉に、園長は無邪気に手を叩《たた》いた。

「もし、あなたさえ良ければ、今度ご自宅にご挨拶《あいさつ》に伺ってもよろしいでしょうか？

その時に僕の試みについて、お話しさせて頂ければ」

アルトロマージの脳裏を、十年前のあの出来事がかすめる。

藤間の訪問は、歓迎できない。

「自宅でなければ駄目かね」という言葉がのど元まで出かかったが、自分と藤間の周りに、準日本人たちが集まっていることに気がついて、アルトロマージは慌てて言葉を飲み込んだ。

誰もが二人の再会に『感動』を期待している、ということが手に取るようにわかる。ここで藤間をむげに扱えば、自分の人権擁護家としての評判に瑕《きず》がつく。それは彼にとって何より耐え難いことだった。

自宅に藤間がやってくる。そのことに関する杞憂《きゆう》を、自尊心が押しのける。

「勿論《もちろん》、かまわないよ。年明けあたりにでも」

「ありがとうございます。僕の試みについては、その時じっくりとお話しさせて頂きます。きっとご賛同頂けると思うんです」

そう言うと藤間は、極上の笑みを浮かべた。

2

「だからさ！　この藤間ってヤツが怪しいって言ってんの！」

霜村監視官のデスクに手をつき、佐々山が声をあげた。佐々山の怒号に、二係の刑事部屋が張り詰める。

狡噛と佐々山は、自分たちを藤間幸三郎の捜査に当てるよう、霜村監視官に直々に進言しに来ていた。しかし、捜査対象を医学薬学関係者に絞り込んでいた霜村にとって、この無礼な訪問者の進言は到底聞き入れられるものでは無い。何度目かの応酬で、ついに佐々山が切れた。

「貴様……。口の利き方に気をつけろよ……」

「あんたが何度言っても聞かねーからだろーがぃ。使い慣れてねぇ敬語のせいで顎《あご》が疲れたわ！」

二係の刑事たちは、霜村と佐々山の間に飛び散る火の粉が自分に降りかからぬよう、仕事に没頭するふうを装っている。神月と青柳もその例に漏れず、必死でキーボードを叩きつけた。刑事部屋にタイプ音が幾重にも重なって響いた。

「顎が疲れるはこっちの台詞だ、佐々山。何度も言うが、今回の事件は相当な医学・

薬学の知識のあるものにしか成しえない。その藤間とかいう男は、一介の社会科教諭じゃないか」

「だーかーらー」

佐々山は頭を大きく振りかぶってから、霜村の眼前へ突き出す。唾《つば》が飛沫《ひまつ》して霜村の頰をひくつかせる。

「そうやって専門家あたってってこのざまだろ？　捜査本部設置してからどんだけ時間たってんだよ」

たしかに、捜査本部を設置してから一ヶ月弱、なんの成果も上げられていないのは事実である。しかし、人は事実を告げられたときにこそ感情的になる。自尊心の強い霜村の場合はとくに。

霜村の性質について詳しい二係の面々は、佐々山の軽はずみな言動に心の中で一斉に首を横に振った。

その空気を察知したのか、狡噛は佐々山のジャケットの裾《すそ》を引き耳打ちする。

「おい佐々山……」

「狡噛、お前からも言ってやれよ。この頭の固い大将に！」

刑事部屋全体からため息が漏れる。

「佐々山、お前ちょっと黙れ……」

狡噛に促され、佐々山は不服そうに身を引いた。

「狡噛監視官、君が付いていながらなんだねこの有様は」

霜村のややうわずりかけた声色に、二係の刑事たちの間に緊張が走る。今ここで霜村の機嫌を損ねれば（もう十分損なってはいたが）そのあおりをくらうのはほかでもない、自分たちなのである。二係の誰もが祈るような気持ちで、狡噛の冷静な対処を期待した。

「失礼はお詫《わ》びします。しかし、藤間が被害者発見の前日に廃棄区画周辺で目撃されているのは事実です。このタイミングで目先を変えてみるのも手かと」

そうじゃないんだよ！　と、二係の刑事たちは内心で叫ぶ。今狡噛に求められているのは、迅速な謝罪と退出である。迅速な謝罪は為《な》されたとはいえ、理路整然と霜村へのアドバイスめいたことを口にしてしまっては、この事態の収拾は望めない。狡噛という男は、職務に対して忠実であるが故に、柔軟な世渡りというものができない。二係の刑事たちは彼の若さを、恨んだ。

「目撃情報？　狡噛監視官、君たち一係には被害者少女の身元特定を命じてあるはずだが？　そちらの調査もままならないのに、被疑者の目撃情報の収集とは、随分と器用だな」

「勿論、そちらも十分に心血を注いでおります」

「そういうことは成果を上げてから言いたまえ」

霜村のぴしゃりとした言いように、狡噛は口をつぐむ。

「それにこの藤間とかいう男、元無戸籍児童じゃないか。そんなヤツに確たる証拠もないままドミネーターを向けてみろ。人権団体が何を言ってくるかわからんぞ。そうなればことは刑事課だけの問題に収まらない。君にその責任がとれるのかね」

やはりこういったやりとりは年齢と昇格を重ねている分、霜村の方に分がある。狡噛の黒星で事態が収拾するかと、二係の刑事たちが胸をなで下ろしたとき、佐々山が再び声をあげた。

「じゃあ、証拠があればいいんだな！」

「そういう問題じゃない。命令以外の行動はするなと言ってるんだ」

「どんなとーへんぼくの命令でも、黙って聞けっちゅうのかよ」

刑事部屋に再び不穏な空気が充満する。案の定霜村は激昂《げきこう》し立ち上がった。

「監視官への反逆は職務規定違反だぞ！　矯正施設へ放り込まれたいのか！」

こうなったら霜村は止まらない。哀れな佐々山執行官の末路を思い、誰もが諦念《ていねん》に首を落としたそのとき、狡噛が霜村の前に進み出た。

「失礼しました！」

声をあげ、上体を勢いよく倒す。

「今まで通り、一係は少女の身元特定にあたります！」

霜村は滅多に見ることのない狡噛の後頭部に意気をそがれて、少し視線を泳がすとゆっくりと着席した。

「わかればいいんだ……」

「ただ……」

「なんだ。さっさと退出したまえ」

「身元が特定できた暁には、藤間の件、今一度ご検討頂けるよう願います」

後頭部を晒《さら》したままの狡噛に、霜村は居心地の悪さを感じて、小さく「わかった」と答えた。

刑事部屋に平穏な空気がよみがえる。

鼻息荒く大股《おおまた》で退室しようとする佐々山のスーツの裾を、神月が軽く引っ張った。

神月が両手の親指と人差し指で何かをひっくり返すジェスチャーをしてみせると、佐々山は険しい表情でうなずく。

今夜は麻雀《マージャン》だ。

3

「駄目だ！　おめぇのとこの大将、頭固すぎ！」

そう言うと佐々山は、雀卓に牌《ハイ》を叩きつけた。執行官ラウンジに、麻雀牌を交ぜる音が響く。

「そうは言ってもね～」

神月は佐々山の発言を苦笑いで受け流して、牌を交ぜ続ける。

「霜村さんは全部自分でやりたい人だからさ。ああいうふうにいきなりデスクに押しかけて、『藤間ってヤツが怪しいから調べろ』って言ったって、へそ曲げて聞きゃあしないんだよ」

「だからってよー！」

そう言いながら佐々山は卓上の牌を乱暴にかき回す。

「おい、牌にあたるなよ」

苦笑顔の征陸にたしなめられ、佐々山は口を尖《とが》らせた。その様子ににやつきながら、内藤も征陸に便乗する。

「そうですよ。ホント行儀悪いなー」

「うっせー内藤この野郎」

「あっイて！　佐々山さん足踏んだでしょ！」

「てめーが調子のったこと言ってるからだこの馬鹿」

「この革靴オニューなんですよ！」

「そういうところが調子のってるって言ってるんだよ。オカマかてめーは」

「うわー、そういう発言って差別的ー」

「小僧共。口動かしてねえで、手ェ動かせ」

わめいていた二人が征陸の一言で大人しく牌を積み上げ始める様は、あたかも古い家族映画のワンシーンのようで、場の雰囲気に妙な調和を与える。

「しっかしまあ、驚いたよね」

牌山から牌を引き抜きながら、神月が口を開く。

「監視官があんなふうに頭下げるなんてさ。ね、狡噛さん」

そう言って牌を切ると、神月は視線を背後に向けた。神月に同調するように、卓を囲む四人の執行官の視線が一気に狡噛に注がれる。

今夜再び麻雀会が開催されると聞き、狡噛は佐々山・征陸・内藤・神月の四人に、自分も参加させて欲しいと頼み込んでいた。ここにいれば以前のように執行官たちから事件捜査について忌憚《きたん》のない意見が聞けるかも知れないと思ったからだ。メンツが足りてる状態での狡噛の参加表明に四人は一瞬怪訝《けげん》な表情を浮かべたが、狡噛の真摯《しんし》な視線にほだされ彼の申し出を受け入れた。

そうして狡噛は「見学者」という立場で今夜の麻雀会に参加する次第となったので

ある。

狡噛は、自分が突然会話のメインストリームに引きずり込まれたことに目を丸くしながらも、曖昧《あいまい》に「ああ……」と答える。

「あれって完全に佐々山さんのこと庇《かば》ってましたよね。執行官庇って頭下げる監視官、初めて見ましたよ俺」

今朝自分が霜村の前で繰り広げた一連の行動を思い返し、狡噛は小首をかしげる。

「そうか？」

煮え切らない返答に神月が不満げに眉《まゆ》を上げると、佐々山が鼻息荒く誇らしげに言う。

「おめーのとこのハゲとは違うんだよ、狡噛は」

それが自分に対する賛辞だと気づき、狡噛はほんの少し顔を赤くした。

「どーせ、うちの大将は頭の固いハゲですよー」

神月は口を尖らせながらつぶやくと、傍らにある缶ビールを一気に飲み干す。卓の上では様々な模様を持つ牌が、独特のモザイクを形成している。牌山から牌をツモり、手牌から一つ牌を捨てるというやりとりが何回か無言で繰り返されると、今度は征陸が口を開いた。

「で、結局どうすんだ？」

征陸の問いに狡噛が答える。

「今はとにかく、霜村監視官の言うとおり、少女の身元特定を急ごうと思う。そっちの線から何かわかるかもしれないし」

その答えに内藤は足をばたつかせ、目を潤ませて抗議する。

「えー！　ムリですムリですー！　どんだけ聞き込みしてると思ってんすか！　もう僕の足パンパンなんですよー？　最近なんて聞き込みって言葉聞くだけでお腹痛くなっちゃうのにー！」

お腹痛くなっちゃうという子どもじみた訴えに、その場の全員があきれかえる。

「お前なあ。昔の事件捜査はこんなもんじゃなかったんだぞ？」

「征陸さん、おじいちゃんみたいなこと言うのやめてくださいよー」

「おじいちゃんだ？」

征陸の眉がひくつく。内藤は捜査能力は平凡だが、人の神経を逆なでする能力においては他の追随を許さない。しかも全く悪気無くそれをやってのけるので、仲間たちからは『縦社会の破壊者』もしくは『官僚機構のニューウェイブ』として妙な一目のおかれかたをしていた。

「昔は昔。今は今でしょー。そんな警視庁以下何万人って、刑事が街中溢《あふ》れかえってた時代じゃないんですからー」

「別に溢れかえってたわけじゃないがな……」

刑事課のゴッドファーザーも、縦社会の破壊者の前では、その神通力を発揮できない。神月と佐々山が、ゴッドファーザーと破壊者の間で視線を泳がせている間にも、狡噛は卓上の空気には我関せずに思案を続けていた。

「しかし、たしかに今の聞き込み捜査には行き詰まった感がある」

狡噛の冷静な物言いに、場の空気が引き締まる。ラウンジは静寂に沈み、ただ各々が牌を切る音だけが淡々と鳴り続けた。

「なんつーか……切り口が間違ってんのかもな」

つまみ上げた牌を睨《にら》みつけながら、佐々山がつぶやく。

「具体的には？」

「わっかんねぇけどー」

そういって牌をかちかちと鳴らしおざなりに切ると、タバコに火をつける。

「場所を広げる、とか？」

神月の提案に、途端に内藤がぎゃーと悲壮な叫び声をあげる。

「恐ろしいこと言わないでくださいよー！　自分が聞き込みしないからってー！」

「あのなー、俺たちだって日本中の医学薬学関係者総ざらいしてんのよ？」

範囲でいったら俺たち二係の方が広い！　と神月は息巻いた。こづきあう神月と内藤を尻目《しりめ》に、佐々山は鬱々《うつうつ》とした面持ちでつぶやく。

「場所かー。なんかそういうことでもないような気がすんだよな……」

ラウンジが再び沈黙に沈む。

前回このメンバーで麻雀卓を囲んでから、およそ半月強が経過している。その間、ここにいる全員ができうる限りの捜査を続けてきた。様々な可能性に一つずつレ点を入れていくような作業に、みな流石に行き詰まりを感じているようで、以前と同じように軽やかに所感が飛び交う、というわけにはいかなかった。

鬱屈とした思考をごまかすように執行官たちはゲームに集中する。狡噛も行き詰まる思考を抱えながら、彼らに視線を預けていた。

静寂とアルコール臭、そして立ちこめる紫煙の中、卓上に牌《ハイ》を切るトンという音が不揃いなリズムを刻んでいる。そしてそのリズムとは別に、牌のこすれ合うかすかな音が通底して続いていた。

見る限り、牌がこすれ合い続けるようなアクションは誰もしていない。狡噛は不思議に思って音の出処をさがした。

佐々山だ。

彼は右手の甲で隠すようにしながら、手牌をまるでベルトコンベアのようにクルクルと移動させて、牌の並び順を変えている。この動作の際に、牌がこすれ合う音が出ていたのだ。

単なる手慰みか、と狡噛が興味を失いかけたそのとき、佐々山のツモ順が訪れた。

佐々山は牌をツモると、そのツモ牌を先ほどのベルトコンベアの要領で手牌の中に滑り込ませ、何食わぬ顔で別の牌を切った。その動作は素早く、注意して見ていなければ彼がツモ牌をそのまま切ったように見える。

「佐々山お前、何やってるんだ」

佐々山の動作を不審に思い狡噛は声をあげた。

三人の執行官たちの視線が、一気に佐々山に集まる。

佐々山はきょとんとした顔で「ん？」とだけ言う。

「今、ツモった牌を手牌の妙な位置にいれたな」

狡噛が言うと、執行官たちはいっせいにあきれかえった表情を浮かべ、口々に佐々山への非難の声をあげる。

「佐々山お前、小手返ししてるんじゃないだろうな」

征陸の問いかけに佐々山はぎこちない笑顔でおどおどと答える。

「え？　え？　してないよ？」

その様子があまりに嘘くさいので、神月と内藤は身をよじって佐々山を罵《ののし》った。

「うわー、引くわー」

「なに玄人気取ってんですか！　下品！」

「だから、ちげーって！」

狡噛は自分の投じた一石が、ここまでの波紋を呼んだことに驚き、慌てて彼らの会話に飛び込んだ。

「何だ小手返しって」

その問いに、佐々山が上得意で答える。

「ちょっとした目くらましだよ。こうやってツモ牌を一瞬で手牌のなかにいれて、別の牌を切る。こうするとあたかもツモった牌をそのまま切ったように見えるだろ？」

そう言いながら手元の牌を器用に操る様は、まさに彼がそれの熟練者であることを物語る。

「あーやっぱりやってんじゃないすか！」

「癖なんだよ、悪かったな！」

おとなしく知らん顔をしていればいいのに佐々山は馬鹿なのか？　と狡噛は思う。

「そうすることに何の意味があるんだ？」

非難への対処に追われて口ごもる佐々山に変わって、征陸が説明を始めた。

「俺たちはな、捨て牌で相手の手の内を読むんだ。例えばこのイーピンが」

そう言いながら征陸は自分が切った牌の中から、丸が一つ描かれただけのシンプルなデザインの牌をつまみ上げる。

「ツモってすぐ切るような牌か、散々手の内で粘った挙句に切った牌かで、俺たちの読み取る情報はずいぶん違ってくる」

つまり、ツモってすぐ切るような牌なら、イーピンの重要度が低い手を作っていることになり、粘って切るような牌であれば、イーピンの重要度が比較的高い手を作っているという情報がわかる、ということである。

「イカサマですよ、イカサマー」

「イカサマじゃねーよ！」

内藤と佐々山から出る全く違う主張に狡噛が首をかしげると、征陸が注釈をつけた。

「イカサマってほどのもんでもねぇが、それでもメンツが共有すべき情報を攪乱《かくらん》する行為ではある。歓迎はされないな」

ゴッドファーザーにたしなめられて、佐々山は肩を落とした。

「ツモった牌を入れ替えて、あたかも別の牌をツモったように見せる……」

狡噛の思考のなかで、何かがきらめいた。きらめく何かは思案の暗雲を切り裂き、さらなる光を呼び込む。

「狡噛？」

目を見開いたまま微動だにしない狡噛を、佐々山が心配そうに覗《のぞ》き込んだ。

その間にも狡噛の思考は果てしなく光の中を疾走し続ける。

「俺たちは……最初に発見された橋田を第一の被害者だと思っているが……はたしてそうだろうか……」

「あ？」

皆が狡噛を注視する。

「実は少女は橋田より前に殺されているとしたら？　過激な殺害方法で橋田の死を強烈に印象付けることで、俺たちにあたかも少女が橋田と同じように、殺された直後に標本化されたと思い込ませた！」

狡噛の言葉に執行官たちが浮き足立つ。佐々山の指に挟まれたタバコから、大きな灰がポトリと落ちた。

「俺たちはずっと、遺体発見直前の少女の目撃情報を集めてきた。それじゃ駄目だったんだ！」

狡噛はそう言うとやにわに立ち上がり駆け出した。

「狡噛！」

慌ててタバコを灰皿に押し付け、佐々山もそのあとに続く。

残された三人の執行官は過ぎ去った嵐に呆然《ぼうぜん》とするように顔を見合わせ頷《うなず》くと、我れ先にと二人のあとを追った。

公安局総合分析室、通称ラボに漂う濃密な薔薇《ばら》の香りの中で、六合塚弥生はまどろんでいた。

遠ざかってゆく意識の中で、かすかにキーボードをタッチする音が聞こえる。唐之杜志恩が仕事をしているのだろう。

ここは分析官唐之杜の城であると同時に、六合塚の憩いの場でもある。

身だしなみに気を配る唐之杜は、当然コロンにも多大な気配りをし、定期的にまとう香りを着替えた。今の唐之杜のお気に入りは、薔薇色の影という名を持つという名香である。

六合塚は、男ばかりの現場に疲れるとここを訪れ、唐之杜お気に入りのコロンの香りに盛大に酔うのが常だった。

唐之杜の気が向けば、お茶を楽しんだり、気に入りのコスメの話題に花を咲かせたりもするが、お互いに何もせず、何も話さない今のような時間も、六合塚にとっては十分に満たされた時間だった。

唐之杜の気配と、唐之杜の香りを感じながら眠りに落ちることは、六合塚にとって何よりも贅沢《ぜいたく》な嗜《たしな》みなのである。

唐之杜のタイプ音も遠ざかり、六合塚がいよいよ完全な眠りへとその身を投じかけたその時、分析室の扉が開き、何人もの男たちの騒々しい足音が飛び込んできた。

「唐之杜！」

不躾《ぶしつけ》な侵入者が声をあげる。

六合塚がソファーに身を横たえたままで目を開けると、そこには興奮に頬を紅潮させた狡噛慎也が立っていた。

贅沢な時間を邪魔されたことに腹を立て眉間《みけん》にシワを寄せると、今度はその顔を佐々山が至近距離で覗き込む。

「あれ？　弥生寝てるのか。目覚めのチュー……」

佐々山が言い終えぬうちに、彼の額に拳《こぶし》を叩《たた》きつけて身を起こす。見回せば、狡噛・佐々山以外にも、征陸・内藤そして名前は忘れたが二係の執行官が立っていた。

「何よ、お歴々がこんな時間に大挙して。申し訳ないけど、私全員はお相手出来ないわよ？」

巨大なモニターの前でオフィスチェアをくるりと回転させて、唐之杜が迎えの言葉を述べる。

「いや、悪いが今は冗談に付き合ってる場合じゃない」

クスリともせずにいう狡噛を、六合塚は呆《あき》れた面持ちで眺めた。つまらない男である。唐之杜も肩をすぼめる。

「で？　なあに？」

「被害者少女の顔写真と一致する画像データを探し出して欲しい」

「何よ。それなら無いって言ったでしょ？　ここ最近の閲覧可能な画像データに、彼女と同一のものは無いって」

　唐之杜の言葉を狡噛が遮る。

「ここ最近じゃない」

「は？」

「遡《さかのぼ》れる限り、すべての過去画像データを検証して欲しいんだ」

「遡れる限りって、慎也くんそれ本気？」

「ああ、少女の殺害が、橋田殺害より過去に行われた可能性がある」

　その言葉に唐之杜の表情が変わった。

「たしかに……！　ヤダなんで気づかなかったのかしら！　犯人は死体防腐処置のエキスパートだっていうのに！」

「どんな些《さ》細《さい》な情報でもいいんだ。彼女につながる……何かが摑《つか》めれば！」

　唐之杜は素早くうなずくとオフィスチェアを先ほどとは逆回転させ巨大なモニターと向き合った。

「遡れる限りの全ての過去画像データね……。いいわ……うちのコンピュータたちにシステムダウンする勢いで頑張ってもらう！　そのかわり慎也くん」

「なんだ」

「なんかあったら、ちゃんとケツ持ってね！」

「心配するな」

分析室の大小様々なモニターに一気に明かりが灯《とも》り、床が唸《うな》った、ように六合塚には感じられた。先ほどまでの甘い空気は一転し、分析室に硬質の空気が充満する。

これはこれで嫌いではない、と六合塚は思う。

「あった！」

唐之杜が声をあげると、男たちが一斉にモニター前に群がる。

「十年前の官報ね。『扇島廃棄区画で無戸籍児童保護』……。この写真の男の子の顔が、彼女とほぼ一致してる！　彼の名前は……」

藤間幸三郎——

その官報には、扇島で保護された少年が無事児童養護施設に入所し、藤間幸三郎という新たな名前を得たという旨が、彼の写真とともに記されていた。

少年らしい幼さをたたえたその顔は、まさに、アイドルステージに飾り立てられた少女のそれと一致した。

4

四角い窓枠に切り取られた空には灰色の雲が重く立ち込め、粉雪が右へ左へとその身を風に翻していた。

東京に雪が降るのは珍しい。それこそ大昔にはさほど珍しい光景ではなかったらしいが、瞳子自身は今まで雪の降るのを数えるほどしか見ていない。

枕元の一眼レフをたぐり寄せて、ファインダーを覗く。

窓枠とファインダー、二重のレイヤー越しに見る雪は思いの外味気なくて、瞳子はすぐにカメラをおろした。

今頃学校では級友たちが雪降る庭ではしゃいでいることだろう。そう思うと謹慎中の身の上が少し恨めしかった。冬季休暇はすでに明けていたが、瞳子の謹慎期間はまだ少し残っている。謹慎が解けるまで雪が降り続けばいいのに……と、瞳子は少女らしく願った。

せめて家の庭で雪が落ちてくるのを写真に納めたい、そう思って自室のドア前に立ったが、本来であれば自動で開くはずのドアは頑《かたく》なに沈黙を守った。施錠されているのだ。

ため息をつきながらベッドにダイブする。

謹慎前に扇島で会った公安局の佐々山光留という男、彼はカメラの扱いを瞳子に教える中で「身の回りのものを撮ればいい」と言った。そのときはたしかに納得したのだが今こうやって部屋の中にいると、やっぱりそれでは足りないんじゃないかと思う。瞳子の世界は、今あまりにも限定されすぎている。

自宅謹慎を命じられてからというもの、瞳子はトイレと風呂《ふろ》以外の用事で部屋を出ていない。用を足したくなれば、階下の父にその旨をメールして施錠を解除してもらう。そうしてはじめて、瞳子は用を足せるのだ。風呂に関しても同様だ。そしていつも父が、傍らに立ってその様子を監視していた。

柔らかい羽毛布団に身を沈めながら、瞳子は身震いする。

少し異常ではないか。

もともと父は厳しい人だった。早くに母親が他界したため娘の教育に神経質になる、というのは瞳子にもなんとなく理解はできる。そうは言っても、自室に施錠しトイレや風呂までも監視されなければならないというのは、常軌を逸しているような気がした。まるで矯正施設の潜在犯に接するかのようだ。

実は父の過剰なまでの管理は今に始まったことではない。瞳子が極々幼い頃より、彼女の家庭内での過ごし方はこうだと決まっていた。幼い瞳子はそれを当然のように受け入れてきたが、桜霜学園初等部に入園し他の少女たちと接しているうちに、自分の家庭のあり方が他と違うということを知った。なぜ父がまるで看守であるかのように自分に接するのか、瞳子にはわからなかった。

「お前は人より汚れている」

これが父の自分を叱るときの口癖である。お前は人より汚れている、だから俺はお前をこれ以上汚さないように気を回してやってるんだ、それなのになぜお前にはそれがわからない——身体の大きな父にそんなふうにまくしたてられると恐ろしくて、幼い瞳子は小さくうずくまることしかできなかった。でもいつも思っていた。

自分の何が汚れてるんだろう。

柔らかな羽毛布団は大変な高級品である。それ以外にも瞳子の部屋は高級な調度品で溢《あふ》れかえっている。父親の自分に対する愛情は疑うべくもない。しかし。

言いようのない欠落感が瞳子の胸に去来する。

自分の本当の居場所はここではない。そんな思いが、藤間への思いに重なっていった。

携帯端末を覗《のぞ》き込むと、受信メールなしの表示が瞳子の孤独感を加速させる。佐々山とのメールのやりとりは、一度だけ。もっと写真のアドバイスがほしいという瞳子に対する彼の答えは「しばらく藤間には関わるな」という、とんちんかんなものであった。

結局、自分という存在に真っ向から向き合ってくれる人間などこの世にいないのかもしれない、そんな思いが沸き上がってきて、胸が苦しい。

身をよじり、窓の外を見る。

昔もこんなふうに切り取られた雪景色をみたことがある。

「私の、居場所……」

雪の舞う様子に郷愁が押し寄せてきて、再び瞳子は布団の中にその顔を沈めた。記憶の断片が浮かんでは消え、消えては浮かび、瞳子の思考を深部へと誘ってゆく。

たしかに昔、こんなふうに切り取られた雪景色を見たのだ――


黒塗りの車に乗せられ、優しい大人たちに囲まれながら、瞳子は車窓に映る雪景色を見ていた。雪にはしゃぐ瞳子の頭を、父親が優しくなでる。

おとうさん、どこへいくの？

おしごとへいくんだよ。

おしごとってなあに？

かわいそうなこどもを、たすけにいくんだ。

幼い瞳子の頭上で、大人たちが父を賛美する言葉が飛び交う。それがたまらなく誇らしかった。

とうこちゃんのおとうさまは、りっぱなおしごとをしているのよ。

いまからそれをみにいきましょう、きっといいべんきょうになるわ。

でもね、とうこちゃんよくきいて、おとうさまのそばを、けして、けしてはなれないで。


記憶が一気に雪崩を起こして、瞳子は慌てて起き上がった。

自分は昔、父親について廃棄区画に行ったことがある。珍しい雪と見慣れない風景に心躍らせているうちに、父の側を決して離れるなと言う忠告は彼方《かなた》に消え失《う》せ、いつしか大人たちとはぐれ廃棄区画を彷徨《さまよ》った。

そして見たのだ。

深い深い、どことしれぬ空間で、きらびやかに装飾された夢のような部屋を。

部屋の中には主《あるじ》のいない玉座と、その傍らに佇《たたず》む少年。

何もかもが輝くその場所で、ひときわ輝く笑顔を見せて、少年は瞳子に語りかける。

「今度は君が、僕のお姫様になってくれるの？」

夢ではなかったのだ。幼い頃から何度も見てきたイメージは、確実に自分が体験したものだったのだ。突然の気づきに動悸《どうき》が激しくなる。

だとすればあの少年は、夢の中の登場人物じゃない。実際に、この世に存在している。彼はいったい、どこにいるのだろう。

いてもたってもいられなくなって、瞳子は部屋の中をうろついた。何かに駆り立てられるようにカメラを両手で握りしめると、掌《てのひら》の汗で黒い躯体《くたい》がぬるりと滑ったので、瞳子は慌ててストラップを首にかけた。

階下でインターホンの鳴る音がする。

そういえば今日は父の客人がやってくるのだった。昔保護した子どもの一人だという。

瞳子は妙な胸騒ぎを覚え、窓に身を寄せ外を見た。

藤間幸三郎がそこにいた。

瞳子の中で無数の点と点が結びつき集結し、そしてはぜた。天啓めいた思いつきに目眩《めまい》がする。なぜ今まで気づかなかったのだろう。細い顎《あご》も、暗さを湛《たた》えた瞳も、その下の泣きぼくろも、みんなあの少年のそれと同じだったのに……！

藤間先生――やっぱり、先生が、あのときの。

「先生！」

防音ガラスのその先に届けと、声の限りに叫ぶ。

「先生！」

華奢《きゃしゃ》な拳《こぶし》を窓ガラスに叩《たた》きつける。先生、先生、先生。先生こそが、あの雪の日私に微笑みかけた人。先生こそが、私をここから連れ出してくれる人。彼の側なら私はきっと、自分の寄る辺なさに思い迷うことは無い。

『今度は君が、僕のお姫様になってくれるの？』

その問いに幼かった自分がどう答えたのか、記憶はなかったが、確信はあった。あのとき果たしきれなかった約束が結実する瞬間が来たのかもしれない。万感の思いがこみ上げてきて切なく、瞳子の声を涙で滲《にじ》ませた。

どこでもいい……ここではないどこかに、連れて行ってほしい。

瞳子の声に、藤間が顔を上げる。

二人の視線が舞い散る雪の中で邂逅《かいこう》した。

藤間は一瞬目を見開き、懐かしいあの笑顔を浮かべた。

「そうか、君が、あのときの――」

粉雪は地面に触れるとすぐに溶け、たちの悪いぬかるみを作った。それを飛び越えながら、狡噛と佐々山は扇島を進んだ。

5

被害者少女と少年期の藤間が瓜二つ《うりふた》であるという事実は、霜村はじめ刑事課の面々を驚かせた。藤間と少女の間になにがしかの血縁関係を立証することができれば捜査は飛躍的に進展するものと思われた。しかし、霜村は藤間と少女のＤＮＡ解析を許可しなかった。霜村は、藤間が元無戸籍児童であり人権団体の保護対象であることをその理由に挙げたが、実際は捜査の舵《かじ》を狡噛に強奪されることへの忌避感がその主張をあと押ししていることは間違いがなかった。相変わらず霜村は狡噛たちに少女の身元確認のための情報収集を最優先事項として命じ、藤間に関する資料は彼の無数のファイルの中にうもれた。

しかし少女の目撃情報を過去にまで遡《さかのぼ》ってみたことで、新たな展開はあった。扇島の住人の中でも古参と言われる人物に的を絞り聞き込みを続けると、その中に少女を見たという人物が数名現れたのだ。

少なくとも十年以上前に、被害者少女と似た人物がここ扇島に存在していた。それが被害者少女と同一人物であると断定するだけの決定的な事実はない。しかし、狡噛と佐々山はこれを最後の頼みの綱とし、徹底的にたぐり寄せることにしたのだった。

「くっそー、雪とはな。本降りにならなきゃいいけど……」

佐々山は寒さに肩を怒らせながら歩みを進める。狡噛もコートの襟を立て首をすぼめた。

「お、このへんじゃねーか？」

積み上げられた一斗缶の山を佐々山が覗き込むと、その奥に毛布にくるまり凍える初老の男性がいた。

「えーと、おたく、マツダさん？　わりぃね、ちょっと話聞かせてくれる？」

急に自分のテリトリーにずかずかと踏み込まれて、マツダは警戒心をあらわにした。

「な、なんだお前たちは」

狡噛が公安局の身分証明ホロを提示すると、マツダは布団をかなぐり捨ててその場から走り出そうとする。佐々山はその首根っこを摑《つか》まえ、すごみのある声で言った。

「だーいじょうぶだって。今日はあんたを捕まえにきたわけじゃない。ちょっと俺たちに昔の話をしてくれりゃあいいだけさ。協力してくれたら俺たちは決してドミネーターを抜かない。ただし、あんたがどうしても非協力的な態度をとるってんなら、話は別だがな」

マツダはばたつかせていた手足を脱力し、その場にへたり込んだ。

「この写真を見てくれ」

へたり込んだマツダに、狡噛がすかさず少女のホロを表示する。この一連のコンビネーションは堂にいったものだ。

「見覚えはないか?」

マツダは記憶をたぐり寄せるように視線を上方へ向ける。

「最近じゃなくていいんだ。十年、いやもっと前に彼女に似た人物を見なかったか、この扇島で」

十年という言葉に、マツダの目元がひくつく。

「そういえば……」

狡噛と佐々山は身を乗り出す。

「こんなような女、昔買ったな」

「買った?」

「売春だよ売春。随分手広くやってたから、この辺の野郎はけっこう世話になってるんじゃねえかな」

売春、という言葉に狡噛が眉《まゆ》をしかめる。それに気がついたのかマツダは慌てて弁明する。

「昔だよ昔！　もう時効だろ？　今はやってねえ！　それにほんと、一時だけだ！　あんな恐ろしい女、そうそう抱けねぇ」

「恐ろしいって何が？」

佐々山の問いかけに、マツダが苦々しく答える。

「初めはな、どこにでもいるウリだったんだ。どこにでもいるどころか、一等若ぇからよ、みんなありがたがってこいつを買った。でもな、そうこうしてるうちに、こいつにとんでもねえ悪癖がついたんだ」

マツダはもごもごと口を動かしながらささくれた指先を見つめた。しびれを切らした佐々山が怒鳴る。

「もったいつけてねぇでさっさと言え！」

「言う！　言うよ！　こいつある時期から、やった男をみんな殺しちまうようになった……。手当たり次第だよ。そんで金品から何から何まで身ぐるみはいでくんだ。だからそのうち、こいつの相手をするのは新参か、酒に酔ったバカだけになった。そのうち食えなくなったんだろうな。いつの間にかいなくなっちまった……」

狡噛と佐々山は顔を見合わせた。少女売春に殺人——外の世界では到底看過されないであろう犯罪が、ここでは当然のように起こりしかも放置されている。そのことに扇島の歪《ゆが》んだ磁場を感じ、狡噛は戦慄《せんりつ》した。

「ほかに、なんかねぇか？ 彼女の住処《すみか》とか、家族とか」

「わかんねぇ。俺が知るかぎりこいつはいつも一人でいたけどな」

少女に対する新事実はわかったものの、彼女の身元特定につながりそうな情報はこれ以上引き出せそうにない。肩を落とす二人に、マツダが進言した。

「製鉄所の方にいって聞いてみればいい。あそこには最古参のじいさんが住んでるって話だ。昔はこの辺の顔役みたいなこともしてたって言うから、生きてりゃなんか話が聞けるかも知れないぜ」

そう言ってマツダは鉄塔の乱立する扇島中心部を指さした。

6

完璧《かんぺき》な空調が施された公安局であっても、夜の深い時間帯になればどこか寒々しい空気が充満する。

暗い廊下には刑事部屋から心許《こころもと》ない明かりがこぼれ落ち、夜勤中の刑事たちの疲労にまみれた嘆息が聞こえてくる。

その嘆息を切り裂くように、佐々山は一人、廊下を歩いていた。

向かうは総合分析室――唐之杜志恩の城だ。

分析室の扉の前に立つと、赤く点灯する「LOCK」の文字が、佐々山を拒絶する。当然だ、情報分析の女神は現在非番中なのだ。それはつい先ほどまで彼女とともにいた佐々山が一番よく知っていた。

佐々山は胸ポケットから唐之杜のIDカードを取り出すと、扉横の認証部にそれをかざす。扉の赤い番人は即座にその表情を変え、懐を盛大に開いた。

佐々山が一歩足を踏み入れると、自動的に室内に明かりが灯《とも》り、各所に埋め込まれたモジュールがうなりを上げ始める。その様子がまるで主《あるじ》の帰宅を待ちわびていた飼い犬のように思えて、佐々山は思わず独りごちた。

「悪いな。あんたらのご主人様は、今、俺の部屋で就寝中だ」

酔いつぶれて眠る志恩の顔が脳裏を横切り、良心がチクリと痛む。今夜佐々山は、非番の唐之杜を自室に呼び出し酔いつぶした上で、その胸元からIDカードをこっそりと拝借したのだ。

佐々山の逡巡《しゅんじゅん》などは意に介さず、彼の背後で扉が閉まる。その気配に背中を押されるように、佐々山はまっすぐと分析室の玉座に歩みを進め、そこに深く身を沈めた。

上方に二つ、左右に四つ備え付けられたモニターが一斉に灯って、かりそめの王を照らす。その光量に顔をしかめながら、佐々山はキーボードを叩《たた》き始めた。

『マキシマ』

公安局のデータベースで、街頭スキャナーに検知され補導歴のある者、矯正施設出身者の中に『マキシマ』に該当するものがいないかどうか検索する。数名の顔写真が表示されたが、そのどれもが佐々山が扇島で見たものとは異なった。

佐々山は短く息を吐くと、胸元からタバコを取り出し火をつけた。

こういう結果がでることは想定の範囲内だ。というより、すでに佐々山が自分の端末で調べていたことだった。執行官権限でアクセスできるデータベースに、『マキシマ』の痕跡《こんせき》はない。だからこそ佐々山は姑息《こそく》な手段を使ってまで、分析室を訪れたのだ。

官製のデバイスから分析室の巨大演算器に、瞳子にもらった『マキシマ』の写真を転送し画像処理にかける。ひどいピンぼけ写真だったが、それでも多少輪郭が整理され、佐々山の記憶と鮮明に結びついた。

「『マキシマ』、ねえ……」

煙と共に、言葉を吐き出す。

この銀髪の男が、なぜここまで自分の心に引っかかるのか、佐々山にはうまく言語化することができなかった。

先日の麻雀《マージャン》後の狡噛の機転により、あらゆる事象が標本事件と藤間幸三郎との間に奇妙な符合を見せていた。当然狡噛と自分の捜査の焦点も藤間に絞られつつあったのだが、佐々山の心中にはどうもそれだけでは済まないのではないかという確信が渦巻いていた。

プラスティネーション薬剤の入手経路についてもそうだ。どこをどう考えてみても、一介の社会科教師にそんなものを手に入れられるコネクションがあるとは思えない。おそらく藤間の犯行を補助する人間がいるはずだ。そしてそいつは、一般人では到底持ち得ないコネクションを持った、特異な人物である。佐々山は、この『マキシマ』という男が怪しいと踏んでいるのだが、それを公言できるほどの確証はまだなかった。

このことはまだ、狡噛には言えない。

それは以前のような、狡噛への不信から来る沈黙とは全く異なったものであった。

佐々山の脳裏に、霜村監視官の前で頭を下げた狡噛の姿が浮かぶ。

自分の思いつきのためにこれ以上狡噛を振り回して、彼の立場を悪くしたくはない。優秀な狡噛のことだ、きっと将来的には組織の中で自分の手の届かないような高みに登りつめるだろうし、そうであれ、と佐々山は強く願っていた。その可能性を、一介の不良執行官である自分が反故《ほご》にするわけにはいかない。今はひとまず藤間と被害者少女周辺で手堅い捜査を進めつつ、『マキシマ』の件に関しては自分一人でひっそりと裏をとっていこう、佐々山はそんな青写真を思い描いていた。

狡噛に『マキシマ』のことを告げるのはもっと確たる証拠を握ってからだ。

ある程度クリアになった『マキシマ』の画像を元に画像検索をかける。このレベルの画像の荒さで正確な検索結果が出るかどうかは激しく謎だが、それでも何もしないよりはましだ。

検索範囲は日本全域。公共の施設に限らず、私有地に設置されたプライベートな防犯カメラの映像もその検索範囲に加える。潜在犯ではない健全な一般市民にまで画像検索の範囲を広げることは、佐々山のような一介の執行官には許されていない。そこまでの検索が可能なのは、監視官に権限を許された分析官だけである。

「実行」を選択すると、佐々山の眼前にポップアップウィンドウが現れ、警告する。

『公共地域以外の画像検索は、個人情報保護法により制限されています。実行者はパスワードを入力し、認証手続きを行ってください』

「まあそうなるわな」

佐々山はくわえていたタバコを灰皿に押しつけると、すぐに二本目に火をつける。そのよどみない動作に並行して、素早く周囲に視線を走らせた。当然のように、パスワードをメモしたポストイットの類《たぐ》いはない。私物をため込んでおけるような引き出しも分析室にはない。若干のためらいを覚えながら、くずかごも探ってみたが、いくつかの菓子のパッケージと、六合塚好みのティーバッグの出がらしが出てきただけでそれらしい手がかりはなかった。

火をつけたばかりのタバコがもう大量の灰をたたえ、今にも崩れ落ちんばかりにその切っ先をたゆませていた。

「あせるな。冷静になれ。考えろ」

そう自分に言い聞かせて、ゆっくりと灰を灰皿に落とす。佐々山の灰と、唐之杜の灰が、一つの灰皿の中で混ざり合う。佐々山は目を閉じると、まぶたの裏に唐之杜の姿を思い描いた。

見るべきは人だ――

それはいつか自分が、狡噛に対して言った言葉だ。自分のそう長くはない刑事人生の中で二、三見つけた真髄めいたものの一つだ。ちゃんと見て、感じることができれば、そこに必ずヒントがある。

唐之杜は性格的には真面目というよりも奔放な側面の強い人間ではあるが、その奔放さは決して浅慮から来るものではなく、自分への確固たる自信に由来している。そういうタイプの人間がもっとも信じているのは自分自身。どんなに近しい間柄であっても、よほどのことがなければその胸の内を打ち明けることはない。当然、パスワードをどこかにメモして放っておくようなことはあり得ないし、親の名前や恋人の生年月日をパスワードに設定するとも思えない。かといって、ただの無味乾燥な数字の羅列を設定するような遊び心のないタイプでもない。

考えが巡り多少の息苦しさを覚えた佐々山は、オフィスチェアの背もたれに大きく身体を預け深呼吸した。

自分の吐き出したタバコの臭いにまじって心地よい香りが鼻腔《びこう》をつく。唐之杜のコロンだ。

若い時分いっちょまえにスケコマシを自称していた佐々山は、女性向けの香水には一家言ある。今分析室に漂う香りにも、かすかに覚えがあった。

芳醇《ほうじゅん》な薔薇《ばら》にかすかに潜むイリス。〝薔薇色の影〟という名を持つそのコロンはたしかに、唐之杜がまとうにふさわしかった。

その瞬間、ひらめきが佐々山の脳内を走り、だらしなくもたれた上体をにわかに引き起こした。

パスワード入力欄にカーソルを合わせコロンの名を入力する。

「ビンゴ！」

モニターに『検索中』の文字が躍り、検索作業の進捗《しんちょく》度合いを示すメーターが目盛りをゆっくりと増して行く。その様子をじれったい思いで注視している佐々山の背後で分析室の扉が開いた。

とっさにモニターの電源を落とし振り向くと、夜勤の疲労と眠気に頬をやつれさせた宜野座伸元が立っていた。

「佐々山……お前、何をしている」

高級スーツのボタンを律儀に一番下まで留めている宜野座の姿に、佐々山は内心で苦笑する。狡噛に輪をかけて、この男には洒落気《しゃれつけ》というものがない。この状況で彼に『マキシマ』のことや狡噛の刑事課内の立場に対する憂慮を告げたところで到底受け入れられないだろう。おそらくID不正利用や単独捜査の非を責められ、下手をすれば自分の刑事生命も狡噛との信頼関係も全てこの男に反故にされる危険性がある。

宜野座の真面目さは美徳だが、佐々山の性根との食べ合わせは悪い。佐々山は慎重に言葉を選んで言う。

「そこに唐之杜のIDカードが落ちてたんでな」

「唐之杜の……？　だらしないな」

眉《まゆ》をひそめる宜野座の表情に、佐々山の良心が痛む。唐之杜には今度似合いのワンピースでもプレゼントしよう。

「そ。で、いい機会だから分析室でとんでもねぇエロ動画でも検索しようと思ってさー！」

佐々山の詭弁《きべん》に、宜野座の頬がみるみる赤く染まる。シビュラシステムの中で純粋培養されたとはいえここまで初心《うぶ》だと同じ男として心配だ、そんな思いが佐々山の嗜《し》虐《ぎゃく》心を煽《あお》る。

「よかったら、ギノ先生も一緒にどう？」

「馬鹿なこと言ってないで早く官舎に戻れ！」

案の定、宜野座は激情し佐々山に退室を命じた。佐々山は、自分の言葉の真偽を確かめる余裕もない宜野座の様子に、安堵《あんど》しつつも苦笑する。

本当に自分の上司二人は、なんというか、愛すべき青年だ。自分がどこかに置き忘れてきたものを、彼らは全て持っている。それが全面的に良いことだとは思わないが、それでも職を共にするものとして、この愛嬌《あいきょう》は十分に効力を発揮していると思う。一係の執行官たちはみな、二人の監視官のことを憎からず思っていることだろう。できることならこの心根のままで監視官として立派に成長してもらいたいものだが、おそらく刑事という職業は、彼らにそれを許さないだろう。それを思うと、なおさら宜野座の無垢《むく》さが尊く思える。と同時に、不安も感じる。狡噛以上に頑《かたく》なな無垢さをもった宜野座はいつか、疲労が降伏点を超えた金属のようにぽっきりと折れてしまうのではないか。そしてそれは緩やかな変化よりずっと、絶望的な変化を彼にもたらしてしまうのではないだろうか。

佐々山は上司であるとともに後輩でもある宜野座を眺めた。宜野座はずり落ちる眼鏡を直しながらも、佐々山の視線に答える。

「なんだ」

「ギノ先生、今度非番いつなの」

「来週の火曜だが……」

「ちっ、あわねーなぁ。おめぇ俺やとっつぁんと勤務帯わざとずらしてるだろ」

「はぁ？　何言ってるんだ」

「はあ？」と言う目がもうきょろついていて、佐々山の言ったことが図星をついたとわかる。

「まあいいや、近々付き合えよ」

「何に」

佐々山は杯を傾けるジェスチャーで答える。

「俺は酒は……」

「だから付き合ってくださいってお願いしてるんだろーが」

お願いしている態度じゃないだろ……と思いながら宜野座は口をとがらせる。

「たまには年長者の話に耳を傾けるもんだ」

「カウンセリングで間に合っている」

「馬鹿だな。ギノ先生は」

馬鹿という煽り文句にわかりやすく頬をひくつかせる。この青年は優秀過ぎる同期のせいで自己評価がことごとく低い。過分な自己批判は視野を狭窄《きょうさく》させ感情の横暴を許すという負のスパイラルを招く。彼の神経質に整えられた襟足を見るたびに、佐々山は「もっと楽にやればいいのに」と思う。しかし、自分のそういう態度が宜野座の感情をさらに逆なですることも十分理解している。これ以上宜野座の機嫌を損ね彼の色相を曇らせるのも忍びない。佐々山は立ち上がり扉へ向かって歩き出した。

「カウンセリングなんかよりもっとためになること教えてやるっていってんだよ。例えばスーツの着こなし方とかな」

すれ違いざまそう言って、片手で宜野座のスーツの一番下のボタンを外す。

「ほれ、こうした方が、スーツの形が綺麗《きれい》に出る」

「余計なことするな！」

慌ててボタンを留め直す宜野座を横目に見ながら、佐々山は分析室をあとにする。退室間際にした「一杯付き合うくらいの時間、作っとけよ」と言う宜野座への申し出の答えは、閉まる自動扉に阻まれて聞くことはできなかった。

『マキシマ』のことはまた改めて調べればいい。

藤間という男が捜査線上に浮かび上がってきている以上、自分の読みが正しければ『マキシマ』も必ずそのうちやり玉に挙げられる。

暗い廊下を歩きながら、佐々山の心はすでに明日《あした》予定している扇島製鉄所周辺の聞き込みへとその焦点を合わせていた。

第七章　なまえのないかいぶつ

1

扇島製鉄所最深部で、揺らめく蠟燭《ろうそく》の炎をいとおしげに眺めながら、藤間幸三郎は言った。

「うん、このくらい明るくなれば大丈夫かな」

彼の周りでは無数の蠟燭と様々な形の電灯が光を放っている。方々からの光源に照らされて、藤間の足下には彼の影が花のように咲き開いていた。

「その辺に落ちてる発電機を適当につなげて電気を引いてるだろ？　なかなか電圧が安定しなくてね。電球だけでは心許ないから、肝心なときにはいつも蠟燭を一緒に使うんだ。大切なオブジェに粗相がないようにね」

そう言うと藤間は、長机の上にビニールシートを広げただけの簡易的なベッドに横たわる全裸のアルトロマージに優しく触れた。藤間の手のひらの感覚にアルトロマージは体を弓なりにしたが、硬い拘束と猿ぐつわがそれ以上の暴挙を許さない。

「魚の活《い》け締めって知ってるかい？　昔はこの国でも鮮魚っていうものが大量に出回っていてね、日本人は好んで食べたそうだよ。そんな日本人が、魚をよりおいしく食べるために編み出したのが活け締めって方法なんだ。不思議なものでね、魚って苦しみながら死ぬとその身に疲労物質が巡って、味が落ちるんだって。だから昔の職人は、魚を苦しめないように一瞬で殺す。面白いよね。死の瞬間の苦しみが、その肉体に影響を与えるなんて」

まるで家庭科の授業の一幕のように、藤間は淡々と説明を続ける。その指先ではお気に入りのボールペンがくるくると回り、その鋭い切っ先に揺れる炎を反射していた。

「だから僕は思ったんだ。最後まで苦しみ抜いて死んだ肉体は、その全身に苦しみを宿す」

そう言うと、アルトロマージの腿《もも》のもっとも白く柔らかい場所にボールペンを突き刺した。猿ぐつわの奥でアルトロマージがくぐもった声をあげる。

「痛いよね。でも気絶するほどじゃないだろ？」

突き立てたボールペンで腿の内部をかき混ぜると、ブチブチという音とともに黄色い脂肪がその傷口からはみ出してくる。

「我慢しなくてもいいんだ。もっと苦しんで。僕を憎んでいいんだ。あなたが苦しみ、僕を憎むほど、あなたの体には苦しみや憎しみが充満し、オブジェにふさわしい肉体となる」

そう言うと藤間はボールペンを引き抜き、今度はその先端をアルトロマージの左目にゆっくりと向けた。本能的な恐怖から頭を大きく振るアルトロマージを押さえつけ、藤間は言葉を続ける。

「ここで勢いよくあなたの左目にボールペンを突き刺したらさぞ爽快《そうかい》だろうね。でもね、それじゃあ勢い余って脳神経まで傷つけてしまうかもしれない。それで君が意識を失ったら台無しだからね。ここは慎重に行くよ」

藤間は左腕でアルトロマージの頭を押さえつけ彼のまぶたを押し開くと、まるで目薬でも注《さ》すかのように慎重にボールペンの切っ先を眼球に当てる。生理的にあふれ出る涙にかまわず、ゆっくりとその手に力を込めると、アルトロマージの眼球は徐々にすり鉢状にへこみその弾力性と耐久性を見せたが、それもすぐに限界を超えブチュリと爆《は》ぜた。アルトロマージの体が痙攣《けいれん》し、机の脚がガタガタと音を立てる。

「誤解しないでほしいんだけど、僕は別に嗜虐趣味があるわけじゃない。こうしてあなたの体を痛めつけてたって、何一つ面白くはない。ただ、必要だからやっている、それだけだよ。だからね……」

そう言うと、藤間はゆっくりとアルトロマージから離れ、部屋の片隅の闇にその視線を向ける。

「だから君は何も心配しなくていい。君を決して、傷つけたりはしない。やっと見つけた、僕の新しいお姫様なんだから……」

藤間の視線の先には、端布《はぎれ》や針金、ガラスの破片で美しく装飾されたパイプ椅子と、そこに拘束され猿ぐつわを噛《か》まされた瞳子の姿があった。

今朝、瞳子の家に現れた藤間は階下で父親と短い談話を交わすと、瞳子に扇島へ行くよう支度をしろと促しに部屋へやってきた。瞳子はなぜ父親がそんなことを許可したのか、藤間がなぜ自分の部屋の施錠を解けたのか、疑問に思う余地もなく喜びに任せていつもの制服に着替えカメラのストラップを首から下げた。そして藤間の請うままに彼のバンに乗り込み、そこで見たのだ。よだれを垂らしながら横たわる父親の姿を。

藤間は瞳子に近づき愛《いと》おしげにその豊かな黒髪をなでる。瞳子の鼻息は小刻みに震え、目からは大粒の涙がぽろぽろとあふれ出る。その一粒を優しく舐《な》めとって、藤間は言葉を続けた。

「大丈夫。もう怖がらなくていいんだ。『わるいまほうつかい』はみんな僕が倒してあげる。そうしたらまた『おしろ』に二人だけで暮らせるんだよ」

藤間は瞳子の前に跪《ひざまず》くと、震える膝頭《ひざがしら》にそっと口づけた。

「名字が違うから、気づかなかったよ。君が、アルトロマージさんの娘さんだったなんて……。準日本人と日本人の婚約には何かと物言いがつくからね。君のお母様も、さぞご苦労なさったことだろう……。僕の母親も……」

そうして藤間は昔語りを始めた。

「昔々あるところに……。なんてね、昔話はどうかな？　これから僕はこのオブジェを完成させなければいけない。それには少し時間がかかるんだ。その間、君が退屈しないように」

2

僕は昔王子様だった。

こんなことを言っても、すぐには理解できないだろうと思うけどね。

でもたしかに僕は王子。妹は、お姫様。

僕たち二人は、ここ扇島の暗がりの中で母と共に暮らしていた。

僕の母は、一人でこの扇島で僕らを産み落としたことを、いつも誇らしげに話した。

僕らっていうのは、僕と妹のこと。僕と妹はこの世に同時に生を受けた、いわゆる双子だった。

これは酔っ払った母から寝物語に聞いた話だから、どこまで本当かはわからないけど、かつて母はずいぶんロマンチックな恋愛をしていたようだ。それこそ王子様とお姫様がお互いを一目見て恋に落ちちゃうような、おとぎ話みたいな恋愛をね。

物語のセオリーにもれず、二人の恋は禁断の恋でね。程なくして母は父と引き離されてしまった。

でもそのときすでに母のお腹の中には僕たちがいたんだって。

母は悲しみにくれながらも、僕らを一人で育てて行こうと決意した。だけどね、不思議なことにお腹が大きくなって行くのにつれて、母のサイコ＝パスが曇り始めたんだ。毎日毎日、お腹の中で成長していく僕らの存在を感じれば感じるほど、母のサイコ＝パスは悪化して行った。母はそれを『わるいまほうつかいののろい』だと言っていたけど、どうかな？　母は本当に僕らのこと憎んでいたのかも。とにかく臨月になる頃には母のサイコ＝パスは潜在犯認定ギリギリまで悪化していた。

このままでは母は矯正施設行き。生まれてくる僕らと引き離されるのを恐れた彼女は、ある雪の日、病院を抜け出した。

でも、サイコ＝パスが濁った母が身を寄せられる場所なんてどこにもないだろ？

そして母は、ここにたどり着いたんだ。

そうしてこの部屋で、たった一人で僕らを産み、ここに三人だけの城を作った。

母は僕のことを王子、妹のことを姫って呼んで、決して名前はつけなかった。

この場所で、まるでおとぎ話の登場人物みたいに暮らすことが、母にとって一番の精神的逃避だったのかもしれないね。

僕たちの存在を世の中から隔離したがった彼女は僕らを決してこの城から出そうとはしなかった。食べ物も生活用品も、みんな母がどこからか持ってきて僕らに与えた。ほらその椅子も、母が持ってきたんだ。

食べ物や生活用品の他にも、いろんな形の電球や、綺麗《きれい》なガラスに色とりどりの布、そんなものを母は拾ってきてはこの部屋に飾り付けていった。ここが世界で一番美しい場所なんだから、ここから出て行ってはいけないよ。そう僕たちに教えるためにね。

母の努力の甲斐《かい》もあって、僕らはこの場所で幸せに暮らした。

世界に足りないものは、何一つなかった。

その頃母は、サイコ＝パスを安定させる薬にはまっていてね。自分の身体と引き換えにその辺の男たちから薬を分けてもらっていたんだけど、そのうち少しずつぼーっとする時間が増えていって……ある晩気持ち良さそうに眠りにつくと、そのまま二度と目を覚まさなかった。

僕らは喜んだよ。

なにしろ僕は妹を、妹は僕をとても大事に思っていたからね。

この世界が僕たちだけのものになったことが嬉《うれ》しくてたまらなかったんだ。とくに妹の喜びようはすごくて、これからは自分が母に成り代わり僕を守ると息巻いていた。

妹はその言葉通り、今まで母がしていたように一人で外の世界へ行っては、いろんなものを城に運び込んだ。妹が出かけている間に、彼女が持ち込んだたくさんの宝物でせっせと城を飾り付けるのが僕の役目だった。

出かけていった彼女がしっかり帰ってくるように、この場所は世界一美しい場所でなければならなかったから。

妹が帰ってきたら、華麗に飾り付けられた城の中で、一際美しく飾り立てた玉座に妹を座らせた。

玉座に座るお姫様、と僕。この世にこれ以上満ち足りた空間はなかった。

そんな生活が何年続いただろう。僕も、彼女もすっかり少年と少女になった。

妹の身体は柔らかな膨らみをたたえ始め、彼女がここに運び込んでくるものも徐々に高価なものに変わっていった。その変化が何を意味するのか、今ならわかるけど、当時の僕には想像もつかなくてね。日に日に曇ってゆく彼女の表情にただ狼狽《うろた》えるしかできなかった。

でもそんなある日、妹が今までにないくらいの晴れやかな表情で帰ってきたんだ。その全身を血に染めて。

その手には今まで以上の宝物を抱えて。

それからというもの僕たちの世界はさらに美しく充実したものになっていった。

「私のことを愛した男の人は、みんな死んじゃうのよ」って彼女は言った。僕はそんな不思議な魔法を使える彼女を心底尊敬したよ。毎夜、血にまみれて帰ってくる彼女の全身を丁寧にぬぐう、その瞬間が何よりも誇らしく幸福だった。

でもそんな幸福な日々は、突然終わりを迎えた。

ある日血まみれの彼女が、血相を変えて帰ってきたんだ。どうしたのって聞く僕に、彼女はおびえながらいった。「わるいまほうつかいに見つかってしまった。この城もじきにやつらに見つかってしまう」って。

母が、そして僕たちが恐れていたことがついに起こってしまった。

妹の存在が、君のお父さんたち、人権擁護活動家たちに知られてしまったんだ。

正義と博愛にとりつかれた奴らは、僕らを『保護』するために大挙してここへやってくるに違いない。僕たちが必死で守り続けていた世界が、壊されてしまう。そしてそれを食い止めるには僕らはあまりにも無力だった。

わけもわからず、二人で抱き合って震えた。

そうやって何時間が経っただろう。震える彼女が、僕の耳元で言った。

「私を愛して」って。

その手には、彼女がいつも獲物を仕留めるのに使っていたボールペンが握りしめられていた。

3

ふかいふかい、まほうのもりの、そのまたおくの、ふしぎなしろで、おうじさまとおひめさまは、しあわせにくらしていました。

しかしあるひ、いつものようにもりへでて、たべものをさがしていたおひめさまは、わるいまほうつかいに、みつかってしまいました。

いのちからがら、しろまでにげてきたおひめさまでしたが、もうじぶんたちが、このままではいられないということは、わかっていました。

だったらいっそ、おうじさまをころしてしまおう、おひめさまはそうおもいました。おうじさまをころして、じぶんもしんだら、このせかいはえいえんに、ふたりだけのものになる。

そうおもったおひめさまは、おうじさまにいいました。

「わたしをあいして」

それは、いままでけっして、おうじさまにゆるさなかったことです。なぜなら、おひめさまは、あいしたひとはみんなしんでしまうというのろいを、わるいまほうつかいにかけられていたからです。

おうじさまはふるえながら、こくり、とうなずきました。

するとなんということでしょう。

おひめさまのからだから、みるみるうちに、ちからがぬけていきます。ちからがぬけて、もうたっていることもできなくなったおひめさまは、おうじさまにだきかかえられながら、ゆっくりと、そのひとみをとじました。

そうしてそのひとみがひらかれることは、もうにどと、ありませんでした。

わるいまほうつかいは、おうじさまにも、のろいをかけていたのです。

おうじさまがあいしたひとは、みんな、しんでしまうというのろいを。

4

僕は、妹にまたがりながら、ゆっくりとその首を絞めた。

だって許せないじゃないか。彼女は僕らの、いや僕の作り上げてきたこの世界を、一方的に壊そうとしたんだ。

彼女の頬はみるみるうちに紅潮し、せき止められた血流に膨張した。僕の手の中で何度か喉《のど》をひくつかせると、そのまま彼女は動かなくなった。

僕は彼女の死体を、拾ってきた冷凍庫の中にいれて、ここよりもっと深い、それこそ僕しか知り得ない場所に保存することにした。そうすれば、僕らの世界も永遠に保存される、そうだろ?

その後、人権擁護家たちが僕らの城付近に訪れることはなかった。

頻繁に扇島に出入りしているという噂だけは耳に入っていたが、おそらくここまでの深部に入り込むほどの大規模な捜索はできなかったんだろう。僕はすっかり安心して、氷漬けのお姫様との生活を過ごしていた。

だけど、物言わぬ彼女との生活は思った以上に退屈だった。僕は何度も冷凍庫を開けては、彼女の頬に触れたけど、そこにはかつてのような柔らかさや温かさはなくて、ただ、凍てついた硬質な触感があるだけだった。冷凍庫から流れ出てくる冷気が、足に触れて、なんだか寂しいような、そんな気持ちがしたのを覚えてる。

そうやって、無為に日々を過ごしていた僕の前に、君が現れたんだ。

どこをどう歩いてきたのかはわからないが、幼い君は上等の洋服と靴を汚水にまみれさせながら、それでも何かまうことなく好奇心の赴くまま僕らの城に侵入してきた。

ニット帽とコートの肩に雪をうっすらと積もらせてね。

君の心を惹《ひ》いたのは、主《あるじ》のいない玉座だった。君は、僕がお姫様のために作った玉座に目を輝かせ、傍らに佇《たたず》む僕に微笑んだ。

子どもらしくたっぷりと潤いをたたえたその瞳《ひとみ》は、蠟燭《ろうそく》や電灯の明かり、色とりどりのガラス片の輝きをきらきらと乱反射し、この空間の創造主である僕をまっすぐに見つめていた。

その視線は、妹がかつて自分に向けていたものと同質のものだ、僕はそう思った。

僕の世界の全ては、この瞳の輝きに集約されていたのだ。

そう思うとなんとも言えない喜びが僕の深部から沸き上がり、喉元《のどもと》を熱くさせた。

「今度は、君が僕のお姫様になってくれるの？」

息詰まる声でそう問うと、君は黙って玉座に腰掛けた。

ずっとこの瞬間を待っていたんだ。冷たい妹の頬に触れながらずっと……。

主なき玉座を眺めながらずっと……。

再び彩りを取り戻した世界で、僕と君はその完璧《かんぺき》さにしばし酔った。

でも、僕らの蜜月《みつげつ》はすぐさま終焉《しゅうえん》を迎えた。

君の父親たちが君を探して、僕らの城にやってきたんだ。

薄汚い浮浪児と談笑しながらガラクタで誂《あつら》えられた玉座に腰掛ける君は、父親たちの目にはさぞおぞましいものに映ったんだろう。あたりはすぐに阿鼻叫喚《あびきょうかん》に包まれた。

奇声をあげながら君を抱きかかえた女が、その勢いで玉座を引き倒した。

霧状の消毒液が振りまかれ、カラフルな端布《はぎれ》や煌《きらめ》くガラス片の装飾は、あっという間に真っ白く塗りつぶされてしまった。

部屋の片隅で朽ちていた母の遺体は踏み散らかされ、踏み散らかした当人たちがそれが遺体だということに気づくと、場はさらに混乱した。

騒動に狼狽え泣き叫ぶ君にいろんな大人がよってたかって、サイコ＝パス浄化作用のあるサプリを飲ませていた。周りの大人達も僕を一瞥《いちべつ》しては眉《まゆ》をひそめ、自分の色相をチェックしていた。

僕の目の前で、何もかもがあっけなく変質していった。

母が語った物語も、僕が作り上げた世界も、今目の前にいる大人たちにとってはなんの意味もなさない。意味をなさないどころか、おぞましい害悪でしかない。

王子だった僕はただの汚い怪物で、城だった場所は怪物の巣だったんだ。

気づけば君の姿はなく、大人たちもその大半が去り、僕の目の前には児童養護施設の関係者とカウンセラーらしき人物が数名いるだけになった。

彼らは先ほどまでの大人たちのように喚《わめ》き散らすことなく、僕に聞いた。

「君、名前は？」って。

なんて答えたらいい。僕には名前なんてなかったのに。

「ありません。何も……覚えていません」

この瞬間、僕は僕の城を、自分の心の奥底に隠すことに決めた。冷凍庫のなかの妹と一緒に。

ここならばもう、誰に踏み入られることもない。

今度こそ僕の世界は完璧なものになった。

それからはずいぶん平穏な日々を送ったよ。

初めは僕のこと、怪物を見るような目で見ていた大人たちも、僕の色相がクリアカラーだとわかると途端にその対応を変えた。僕は劣悪な環境で育ちながらもサイコ＝パスの純潔を守った清廉な少年という評価をなされ、養護施設でもその後通った教育機関でも丁重な扱いを受けた。

僕はそんな扱いに不満を覚えるでもなく、甘い大人たちの目を盗んでは扇島に通い、物言わぬ姫と語らい合うことを楽しみに過ごしていたんだ。

この間までは……。

君は、人権擁護の第一人者であるアルトロマージさんを父親に持っているんだから当然知っているよね。

今年の六月、今までは暗黙のうちにその存在を許容されてきた扇島に、ついに本格的解体の手が入った。もちろんこれまでにも何度かその手の話は出ていたけれど、ここまで具体的に解体業者まで投入された例はなかった。君のお父さんと、橋田議員の努力の賜《たまもの》というところかな。

再び僕の世界に、変質の時が訪れた。

もう、扇島に妹を隠しておくことは難しい。その事実が、僕にある天啓を与えたんだ。

隠しておくことが難しいならばいっそ、この世界に、彼女の存在を展示してみたらどうだろうか。

彼女の存在を世に示し、僕が自分の心に世界を刻みつけたように、この世のあらゆる人々の心に僕らの世界を刻みつけることができたら。地下に眠る姫を、日の当たる場所に連れ出し、人々に向かって叫ぶんだ。

僕たちはここにいますって。

そのためには、できるだけ強烈な方法が必要だった。そして彼女の存在を彩る、若干名の生《い》け贄《にえ》も……。

僕と妹の世界はもうすぐ完結する。君のお父さん、最後のわるいまほうつかいをその生け贄として捧《ささ》げたらね。

そうしたら今度は君と、新しい世界を作り上げるんだ。あの雪の日に、途絶えてしまった夢の続きを、ようやく二人で見ることができるんだね。

5

「今夜はずいぶんと饒舌《じょうぜつ》なんだね」

揺らめく蠟燭の光を銀髪に反射させながら、槙島聖護は藤間の背中に話しかけた。

聞き慣れた声色に安堵《あんど》の笑みを浮かべながら藤間が振り返る。

「嬉《うれ》しくて、ついね」

談笑する二人の男を、瞳子は信じられない思いで見つめていた。二人の笑顔のすぐ側では、自分の父親の血にまみれた肉体が、いまだ息絶えることなく蠢《うごめ》いているのだ。

瞳子の視線に気づいたのか、槙島の視線が瞳子のそれと邂逅《かいこう》する。

「彼女は？」

「僕の新しいお姫様だよ。彼の標本化が終われば、君とのお遊びもおしまいだ。僕は彼女と一緒に、また僕たちだけの城をつくる」

嬉々《きき》として語る藤間とは裏腹に、槙島は無感動に「ふーん」と答えただけだった。

瞳子は何度目かの吐き気と目眩《めまい》に襲われる。先ほどから滝のように浴びせられる藤間の言葉はどれも整然としているのに、その内容は何一つ瞳子の理解が及ばない。

一緒に城をつくる？

たしかに瞳子の記憶の中で、幼い日の少年藤間との出会いと、彼の佇んでいた空間――城は美しいものとして保管されていた。その記憶を求め、藤間に焦《こ》がれ、廃棄区画をさまよい歩きもした。しかしその実態は、瞳子の記憶とはかけ離れたおぞましいものだった。

自分が今まさにそのおぞましいものの一部に組み込まれつつあるという実感が、瞳子の精神をきしませる。うつむいた視線の先に、一眼レフの黒い躯体《くたい》が傾いて、その丸いレンズに歪《ゆが》んだ二人の男の姿を写していた。

佐々山から送られてきたメールの「藤間には近づくな」という文面が、高速回転でリフレインする。

なんで、なんで、なんで、なんで……。

なんで、私が……。なんで、あの時……。

様々な問いが頭の中に浮かぶがそのどれもが処理不能なまま澱《おり》のように溜《た》まり瞳子の思考を濁らせていく。思考の汚水に飲まれそうになりながら、佐々山の名を叫ぶが猿ぐつわ越しのそれはもはや言葉にはならず、嗚咽《おえつ》となって瞳子の足下にまき散らされた。

そんな瞳子を愛おしげに見つめながら、藤間は物語を続ける。

「彼はね、槙島聖護君。君の持ってきた写真にも、写っていたことがあったね。妹を展示するのにふさわしい方法と生け贄を探し求めて街をさまよい歩いていた僕に、突然聖護君が声をかけてきたんだ。僕が思うに、聖護君には人の殺意を嗅《か》ぎつける不思議な能力がある」

そういって槙島を一瞥する藤間に返答するように、槙島は小さく肩をすくめた。

「そうして聖護君は僕に不思議な薬をくれたんだ。人体を標本化する不思議な薬をね」

混乱する瞳子には、すでに藤間の言葉は届かない。嗚咽にうつむく後頭部を上滑りして行くだけだった。

槙島が口を開く。

「それで？　これから君はどうするつもりなんだい？」

「また、ここ扇島で僕らにふさわしい城を見つけて、そこで暮らすよ。一時は、扇島なんてこのまま無くなっても良いとすら思ったけど、彼女に再会して考えが変わった」

そう言いながら、血と脂と、肉片のこびりついたボールペンを小気味よく回す。

「生け贄に橋田とアルトロマージを選んだのは正解だった。成り行き上とはいえ、彼らがいなくなればほかに廃棄区画解体運動を牽引《けんいん》する人物はいない。きっと、昔のような扇島がよみがえるさ」

藤間は再びアルトロマージの肉にボールペンを突き立てて、満足げに微笑んだ。

第八章　ひみつのゆりかご

1

扇島製鉄所周辺の捜査は混迷を極めた。

扇島の中心に位置し、島の根幹をなすその施設は成立からすでに一三〇年以上の年月が経過し、その高炉から産業の灯火《ともしび》が消えたあとも周辺住民たちの手によって、独自の進化を遂げていた。地下を縦横無尽に走る工業用通路は長い歳月をかけ無計画に拡張され、そこに住むものでさえその全貌《ぜんぼう》を把握していない。

正確なマップなど存在しない場所で、一係の刑事たちは現在地と過去の図面を照らし合わせながら、聞き込みで得た情報だけを頼りに、一人の男を捜していた。

センバ――長きにわたり、ここ扇島の顔役を務めていた男だ。現在は隠居しこの製鉄所のどこかで隠遁《いんとん》生活を送っているという。

聞き込みによって被害者少女とうり二つの人物が十年以上前に扇島で生活していたことを突き止めた狡噛たちは、彼女と藤間とを結びつけるためのさらなる手がかりを求めてセンバ翁を捜し歩いていた。

時刻はすでに一月一一日午前〇時を回ろうとしている。規定の労働時間はとっくに超過し、狡噛のデバイスからは捜査切り上げを求める内藤の悲鳴が定期的に鳴り響いていた。

この日何度目かの内藤からの通信を切り、狡噛はため息をつく。

狡噛と佐々山の発案で行われたセンバ翁の捜索だが、宜野座やそのほかの執行官をこれ以上付き合わせるのはもはや限界に来ている。それほどまでに扇島製鉄所周辺は複雑怪奇な様相を呈し、その様はまるで鉄の樹海のようであった。

汚水がしみこんだ革靴は狡噛の足先を冷やし、疲労感を際立たせる。これ以上粘れば明日《あした》以降の業務にも差し障りが出るだろう。

「ギノ」

デバイスで宜野座を呼び出すと、ノイズ混じりの返答があった。

『なんだ』

「付き合わせて悪かったな。今日はもう内藤たちをつれて引き上げてくれ」

狡噛の申し出に驚いたのか、デバイス越しに若干の沈黙が生じる。

『かまわないが……。お前はどうするんだ狡噛』

「俺はもう少し粘っていくよ」

粘ると言うと聞こえは良いが本心は、捜査を切り上げようにも元来た道を引き返すことすら億劫《おっくう》だった、という部分が大きい。

「佐々山に付き合ってもらうさ」

デバイスの向こうに、先ほどよりも長い沈黙が訪れる。

「ギノ？」

『……狡噛、お前最近、前にも増して佐々山に肩入れしてないか？』

宜野座の指摘に、先日佐々山と酌み交わした酒の味が思い出されて、少し気恥ずかしくなる。

「そういうんじゃないさ。ただ……」

『ただ、なんだ』

「前よりも俺は、執行官と上手《うま》くやっていける。最近そんな気がしてるんだ」

再び訪れた短い沈黙のあと、宜野座が硬質な声色で語りかけた。

『狡噛』

「なんだよ」

『飼育の作法をわきまえろよ』

いつにも増してもったいつけた宜野座の言いように狡噛は苦笑する。

宜野座の主張は理解できる。彼の特殊な成育環境を鑑みればなおさらだ。しかしこちら側で垣根を作っていては仲間との信頼関係は作れない、つい最近そのことを骨身にしみて理解した狡噛にとっては、宜野座の主張はどこか空々しく感じられた。

「わかってるよ」とだけ答えて、狡噛は通信を切った。間髪容《い》れずに、佐々山からの通信が入る。

『飼育の作法とは、さすがギノ先生。うまいことというなぁ』

「聞いてたなら話が早い。俺たちだけもう少し残って捜査を続けるぞ」

『望むところよ』

2

紙袋から取り出された肉まんは、もうもうと湯気を立て小麦の甘い香りが狡噛の鼻《び》腔《こう》をくすぐった。その一つを佐々山が「あちちちち」と手のひらで転がしながら狡噛に差し出す。

「冷めないうちに食えよ。扇島特製、何が入ってるかわからない肉まん」

何が入ってるかわからないという言葉に多少狼狽《うろた》えたが、空腹と冷えには勝てず狡噛は手を伸ばす。

礼も言い終わらないうちにかぶりつくと口内に熱く濃厚な肉汁が広がる。口をとがらせハフハフと湯気を吐き出しながら味わう。

「美味《うま》い」

「おーそうか。じゃあ大丈夫そうだな」

そう言ってから佐々山も肉まんにかぶりついた。

「おい。俺を毒味役に使ったな」

「ジョーダンだよ。こういうとこの食いもんが美味くてとくに害がないっつーのは、一般人時代にすでに検証済みだ」

美味いかどうかはともかく害がないかどうかについては佐々山を見る限り判然としないな、そう心の中で独りごちながらも、狡噛は肉まんを堪能《たんのう》した。

扇島製鉄所周辺の廃道の入り口、今日の捜査で二人が二手に分かれた場所で、狡噛と佐々山は落ち合った。気を利かせて佐々山が買ってきた夜食にかぶりつきながら、現状を確認し合う。道ばたに座り込んで話す様子は、刑事と言うより学校帰りの学生のようだ。

「とりあえず、繁華街の方でウリやってるような女たちに片っ端から声かけたけど、特に成果はなしだな」

ウリ、という言葉に反射的に顔をしかめる狡噛に気づき、佐々山は二の句を継ぐ。

「センバ翁みたいな顔役をたどるには、そういう職業の連中に聞くのが一番手っ取り早いんだよ。別に俺が話しかけたくて、話したわけじゃないんだぜ？」

自分の初心《うぶ》さを見咎《みとが》められたような気がして、狡噛はばつが悪そうに「わかってるよ」とつぶやいた。

「じいさん完璧《かんぺき》にそっちの世界からは足洗ってるらしいな。ここ最近でじいさんと話したってやつが全然いねぇ」

「もう死んでるんじゃないか？」

「いや、一応少数の取り巻きは連れ歩いてるって話だから、死んでるんならそれなりに噂も広まるだろ」

「そうか」と言って、狡噛は肉まんの最後の一切れを口に放り込む。

「俺の方も収穫なしだ。この先は居住者自体が少なくてな。聞き込みしようにも人がいない」

佐々山はタバコを取り出し火をつけると、そのままパッケージを狡噛に差し出す。

「いらん」

「なんだよ。こないだ酒がいけたから、タバコもいけると思ったんだけどなー」

刑事課で喫煙者が増えないと肩身が狭いとかなんとか、ぶつぶつ言いながらパッケージを胸ポケットにしまう。

「多少の酒は健康にも良いと聞いた。だがタバコは百害あって一利なしだ」

「まーたそんな小理屈を」

小理屈ってなんだよ、と今度は狡噛がぶつぶつ言う。

「狡噛、お前は物事を理屈で考えすぎ。もっと頭じゃなくて、心を動かせよ。そうじゃなきゃ見えるものも見えなくなる。人間はいつだって理屈じゃなくて、心で動くんだから」

そう言うと佐々山は拳《こぶし》を狡噛の胸元に当てる。その拳に落とした目線を佐々山に向け狡噛が答える。

「俺がそうそう感情で動いてたら仕事にならんだろ。その役回りはお前に任せるさ」

佐々山は狡噛の視線を受け取ると、満足げににやりと笑った。

「仰せの通りに。監視官殿」

佐々山の吐き出した煙が二人の間を漂い、心地のよい静寂があたりを包んだ。

一息ついて、佐々山が「いきますか」と立ち上がる。その様子を上目遣いに追って立ち上がろうとする狡噛を、佐々山が険しい声色で止めた。

「動くな！」

先ほどとは打って変わって険しい表情の佐々山にたじろぐ。

「なんだ……？」

「動くなよ狡噛……。今お前の頭に……蜂が止まってる」

「蜂ィ?!」

反射的に頭を振りそうになる狡噛を佐々山が制す。

「だから動くなって」

蜂はモゾモゾと狡噛の頭髪の中を動き回っている。

「う……なんだこれ。どうしたらいい」

「とりあえず、そいつの気が済むまでジッとしてろよ」

そう言う佐々山の表情にすでに険はなく、ニヤニヤといたずらめいた笑みが浮かんでいた。

「笑うな」

「だってお前……」

言いながら堪《こら》えきれずに肩を揺らす。そんな佐々山を恨めしそうに睨《にら》みつけながら、狡噛は思案を巡らせた。

「なんだってこんなところに蜂が……。しかも真冬に……」

狡噛の言葉に佐々山はハッと口を開けると叫んだ。

「飼われてるんじゃねえのかこいつ！」

瞬間、蜂が飛び立った。それを佐々山が追いかける。

「おい！　どこへ行く!!」

「たぶんこいつは誰かに飼われてるんだ！　こいつの行く先にいる可能性が高い」

そういいながらもどんどんと自分との距離を開けていく佐々山を、狡噛も必死で追う。

蜂はそれまで狡噛が気づかなかった横道や建物の隙間をすり抜けて、二人を製鉄所の深部へ誘っていった。

3

どれほど走っただろうか。悪路に足を取られて体力自慢の狡噛の息も流石にあがる。何ヶ所か古いついたてを体当たりでなぎ倒したせいで、二人のコートは汚れにまみれていた。

「くっそー何で制服がスーツなんだよ。動きにくいんだよバカやろー」

佐々山の今更な悪態を聞き流す。すでにGPSは役に立たず、手元のマップでは壁の中を突き進んでいる状態だったが、構わず二人は走り続けた。

進行方向から、暖かな空気が流れてくる。その先に、明かりのこぼれる扉があった。

「こっちだ！」

勢いよく扉を開け放つと、信じられない光景が広がっていた。

煌々《こうこう》と光る無数の高輝度放電ランプに照らされて、植物たちがその色を鮮やかにしている。ボイラーで温められた室内は春めいて、そこここでミツバチたちが花弁と花弁の間を忙《せわ》しなく行き交っている。目の覚めるような一面の緑に、狡噛と佐々山は言葉を失った。

各所で野菜や果実が実り、そのみずみずしい様子は合成食物に慣れた狡噛たちの目には、ひどく奇異なものに映る。

呆然《ぼうぜん》と立ち尽くす二人の背後で、しわがれた男性の声が響く。

「何か用か」

慌てて振り向くとそこには、白髭《しらひげ》をたたえ腹を丸々とさせた健康そうな老人が立っていた。

「汚れてはいるがそのスーツに官製デバイス。公安局か」

察しのいい発言にたじろぐ。

「届け出のない個人菜園は禁止されているが、大目に見てくれ。金儲《かねもう》けでしているわけじゃない。隠居老人の密《ひそ》かな楽しみだ」

そう言うと老人は二人の間をすり抜け、繁みへと分け入って行く。隠居老人という言葉に二人は顔を見合わせる。まさか――。初めに狡噛が口を開いた。

「失礼ですが、お名前は」

狡噛の問いに老人は目を丸くする。

「なんだ、あんたたちワシが誰か知らずにここを訪れたのか」

やはり――！

「では……やはりあなたがセンバ翁」

「翁っていうほど枯れてるつもりはないがね」

そう言うとセンバは丸い腹をゆさゆさと揺らした。

「安心してください。今日はあなたを取り締まりにきたわけじゃない。ある事件の捜査で……」

「捜査！」

狡噛が言い終わらぬうちにセンバは声をあげて笑う。

「こんな場所で捜査とは！　お役所仕事も楽じゃないな」

老人は赤く熟れたイチゴを一粒もぎ取ると、そのまま口に放り込んだ。その瑞々《みずみず》しい咀嚼《そしゃく》音に佐々山の喉《のど》がなったのを狡噛は聞き逃さなかった。大量の唾《つば》を飲み込んでから、佐々山が答える。

「そ、お陰でこの有様ってわけよ。爺《じい》さん、こんな俺らを哀れに思うならちょっくら協力してくれねぇかな」

佐々山の申し出に老人は黙って果実の収穫を続ける。その拒絶とも取れる様子に、二人は再び顔を見合わせた。

沈黙に、佐々山の短気の虫が顔を出す。「おい」と身を乗り出す佐々山を制して、狡噛が言葉を紡いだ。

「一ヶ月前、身元不明の少女の惨殺死体が発見されました。俺たちは彼女が十年以上前にここ扇島で売春をしていた少女ではないかと踏んでいます」

センバの後ろ姿がぴくりと動く。

「十年前の少女が、つい先月、遺体で発見されたというのか」

「突拍子もない話とお思いかもしれませんが、おそらく、我々の読みは外れていないかと」

長時間にわたる全力疾走と、室内の暖かい空気に汗が噴き出て、狡噛の額できらめいている。佐々山も同様で、コートの裾《すそ》で額をぬぐってからセンバに近づき言葉を重ねた。

「ていうわけでな、じいさん。俺たちは、彼女の身元特定のためにさらなる情報を求めてる。趣味の菜園にとやかく言うつもりはないが、協力しておいた方があんたのためだと思うぜ？」

センバはふむふむと頷《うなず》きながら、イチゴをほおばり続ける。熟れたイチゴをひと通り腹の中に納めると、二人を見据えて言った。

「寝た子を起こすな。こういうことわざを知っているか」

センバの突然の問いかけに二人は眉《まゆ》を寄せる。センバはかまわず続ける。

「世の中には触れずにいればさして害をなさない小さな『秘密』がたくさんある。ここ扇島はそんな『秘密』たちの揺りかごだ。お前たちは何故わざわざその揺りかごをひっくり返そうとするんだ。そのまま眠らせておけ。そうすれば赤子の泣き声がお前たちの耳に入ることもない」

そう言うとセンバは黙々と葉の剪定《せんてい》を始めた。

「悪いがな爺さん、寝た子はとうに起きてんだ。そうなったら俺たちは、そいつを力尽くで黙らせるしかねぇ」

佐々山の二つの目玉がギラつきながらセンバを見据える。その眼光にさらされて、センバは大きくため息をつき、重い口を開いた。

センバの話によると、やはり被害者少女は十数年前から扇島で売春をしていた少女に間違いないことがわかった。そして彼女に双子の兄がいたことも。

少女は殺人という悪癖が顕著になってしばらくすると扇島から忽然《こつぜん》と姿を消したらしいが、兄の方はその後も数ヶ月ここで一人生活を続けていたらしい。その後人権擁護団体に保護されてからの消息は、センバの知るところではないという。

狡噛が藤間幸三郎保護時の官報記事を見せると、センバは大きく頷いて言った。

「間違いない。彼が、彼女の双子の兄だ」


時刻はすでに午前六時を回ろうとしていた。

二人は疲労で重くなった足を引きずりながら、センバの菜園をあとにした。あれほどまでにたどり着くのに苦労した菜園だったが、センバの言う道筋を忠実にたどると驚くほどあっけなく外に出ることができた。

真冬の早朝の空気が、二人の頬を刺す。

今来た路地を振り返ると、そこは暗がりに沈み、注視してもその先に深い地下へつながる通路があるなどと想像もできなかった。

扇島は『秘密』たちの揺りかごだ、というセンバの言葉が狡噛の耳に妙に残る。

しかし、どんな夜も明けるのだ。『秘密』はいつか白日の下に晒《さら》される。狡噛は夜明けの気配をたたえた空を見上げた。

デバイスのオンラインを確認し狡噛は唐之杜を呼び出す。

『何よ』

「悪いが至急、藤間幸三郎のＤＮＡデータと被害者少女のＤＮＡデータを解析してくれないか？」

『えぇ？　霜村にうるさいこと言われるんじゃない？』

「大丈夫だ、裏はとれてる。仮に何かあったとしても、俺がケツを持つよ」

狡噛の背後で佐々山が冷やかして口笛をならす。

『オッケー！　なるはやで対処するわ』

「わるいな」

『慎也君早く偉くなってね！』

唐之杜との通信が切れた瞬間、狡噛のデバイスがけたたましい電子音をあげる。

『こちら公安局刑事課。こちら公安局刑事課。広域重要指定事件１０２に関連すると思われる変死体が発見された。総員直ちに捜査本部に集合せよ。繰り返す……』

それは暁を知らせるにはあまりにも仰々しい、時の鐘だった。

4

狡噛と佐々山が捜査本部に着くと、遺体発見現場へ向かった三係以外の全ての刑事たちが集結しており、大会議室では方々で彼らの怒号が飛び交っていた。

「被害者の身元は！」

「現在鑑定中です！」

「遺体は上野《うえの》動物園のチンパンジー飼育小屋で発見。遺体の様子から一連の標本事件と同一犯による犯行と見てほぼ間違いないかと！」

「遺体はプラスティネーション処理がされた上で、チンパンジー用のえさを埋め込まれていました！」

「遺体の大部分がチンパンジーに食い荒らされています！」

混乱に沸き返る刑事たちを押しのけながら、狡噛と佐々山は霜村監視官のもとへと真っ直ぐに歩みを進める。

会議室の中心部に腰を沈めた霜村は、新たな犠牲者の発見に頭を抱えていた。

「霜村監視官！」

狡噛の声に霜村は顔をあげる。その目は寝不足と職務への重圧で赤く充血していた。

「遅いぞ！　何をしていた！」

「被害者少女の身元が判明しました」

「今はそれどころじゃない！」

そう言うと霜村は拳《こぶし》を机に叩《たた》きつけた。被害者少女の身元特定が自分たちを捜査の中枢から遠ざけるための当て馬だということを、狡噛ははなから理解していた。理解していたとはいえ霜村の言いようは目に余る。おもわず言い返しそうになるが、周囲の哀れみを含んだ視線が狡噛に冷静さを取り戻させた。

しかし佐々山はそうはいかない。机に身を乗り出し霜村の胸元を摑《つか》むとそのままギリリと締め上げる。

「三人も被害者が出るまで被疑者一人あげられない木偶《でく》の坊が偉そうにふんぞり返ってんじゃねぇよ」

霜村は助けを求めようにも喉元《のどもと》が詰まって声が出ない。霜村の充血した目がさらに赤くなり、額の血管がはち切れんばかりに膨張するまで見届けてから、狡噛は佐々山を制した。

締め上げられていたところから急に突き放されて、霜村は不格好に背もたれに上体を叩きつける。むせ返りながら佐々山を叱責《しっせき》するが、声にはならない。その様子を満足げに見下ろしながら、佐々山は「言ってやれ」と狡噛に顎《あご》をしゃくった。

「以前何度か、犯行現場付近で目撃情報のある藤間幸三郎という男について進言させていただいたことがありますよね。彼と被害者少女は兄妹《きょうだい》です。しかも双子の」

周囲の刑事たちがチラチラと狡噛を盗み見る。彼らも狡噛の主張が気にかかるのだ。

「先ほど、彼らを知る人物から証言が得られました。これで藤間を本件の重要参考人とするに十分な条件がそろったかと」

霜村はようやく息を整えると、狡噛を睨《にら》みつけた。その様子はいまだに霜村が狡噛の主張を受け入れがたいものだと思っていることを雄弁に物語っている。

「何を……」

言いよどむ霜村にかぶるように、会議室入り口で唐之杜が声をあげた。

「慎也君！　データ解析できたわよ！　ビンゴビンゴ！　藤間と彼女、確実に双子の兄妹よ！」

場がどよめく。息詰まっていた捜査についに光明が差したのだ。

「さすが狡噛さん！」

神月が思わず感嘆の声をあげ、慌ててその口元をふさいだ。霜村の殺気だった視線が彼を射貫《いぬ》いていたからだ。

結局狡噛に勝ちどきをあげられてしまった、そのことに対する憤怒《ふんぬ》と憎悪が霜村の胸中に渦巻いていた。吐き気を催すほどの激情をねじ伏せて言う。

「ご苦労だったな、狡噛監視官に佐々山執行官。藤間の身柄確保は我々に任せて君たちはその補佐に回ってくれ」

「はぁ?!」

間髪容《い》れずに佐々山が食いつく。しかし霜村はそれを意に介さず、二係の青柳監視官と神月執行官に藤間の身柄確保を命じた。青柳と神月は申し訳なさそうに二人を一瞥《いちべつ》すると会議室をあとにした。

「おいふざけんなよ！　藤間の件は俺たちが張ったヤマだ！　オイシイとこだけかすめ取ろうって言うのかよ！」

「かすめ取るだと？　捜査本部長はこの私だ。私の指示に従え！」

「お前の指示になんか従ってたら、解決するもんもしなくなるんだよ！」

激昂《げきこう》する佐々山の背後で、宜野座が叫ぶ。

「いい加減にしろ！」

普段はあまり耳にしない宜野座の声色に、佐々山は冷水をかけられたようにひゅんと肩をすくませて振り返る。

「なんだよ……ギノ先生」

「逸脱した行為は自分の首を絞めるぞ、佐々山執行官。貴様は公安局という組織に飼われている犬だということを忘れるな」

宜野座に向かって前傾しかけた佐々山の肩を、狡噛が強く摑む。振り向いた佐々山に向かって、狡噛はゆっくりと首を振る。その表情には、諦念《ていねん》にも似た感情が滲《にじ》んでいた。

佐々山の主張は理解できる、しかしその激情に身をゆだねてしまっては組織は成り立たない。そういう意味では、執行官も監視官も組織に飼われた犬だと言うことにかわりはないのだ。

「くそ！」

佐々山は狡噛の腕をふりほどくと、監視官たちに背を向けて歩き出した。

「佐々山！」

呼びかける狡噛に「ちょっと一服」とジェスチャーで示すと、佐々山は会議室の出入り口に向かっていく。佐々山の背中を見つめながら、狡噛はある既視感にとらわれていた。

佐々山の「刑事の勘」を鼻で笑ってしまった、扇島の夜。あのとき狡噛に向けられた佐々山の表情に似たものを、狡噛は今、彼の背中に感じていた。

そのとき二係の女性執行官が声をあげた。

「被害者の身元が特定されました。イタリア系準日本人のアベーレ・アルトロマージです！」

聞き覚えのある名に佐々山が歩みを止め会議室内を振り返ると、愕然《がくぜん》とした表情の狡噛と目が合う。途端に佐々山の脳裏に艶《つや》めいた黒髪の残像が浮かび、戦慄《せんりつ》する。

佐々山の戦慄を知るよしもなく、女性執行官は報告を続ける。

「現在、彼の一人娘である桐野瞳子さんが所在不明です！」

自分の立っている床が抜け落ちて暗闇に吸い込まれていくような感覚に襲われる。

まさか藤間がここまで身近な人間をターゲットにするとは想定していなかった。しかし、すでにことは起こってしまった。暗闇に落ちていきそうになる自分をすんでの所で持ちこたえさせ、佐々山は思考を巡らせる。

瞳子が行方不明ならば、藤間は彼女とともにいる可能性が高い。もちろんそれは瞳子が無事だという前提に立った仮定ではあるが、彼女の遺体がまだ発見されていない事実に、佐々山は望みをかけた。そして、瞳子に手を出した今、藤間が桜霜学園にのうのうと留《とど》まっているとも考えにくい。

「……あのさ、青柳さんたち行っちゃったんだけど、この藤間って男、学園から捜索願が出てるみたいよ。学園はもちろん、自宅にもいないんじゃない？」

佐々山の思考とシンクロするように、唐之杜が告げる。それならば二人の所在地としてもっとも可能性が高い場所は――

「狡噛！」

駆り立てられるようにして狡噛の名を呼ぶ。狡噛は力強く頷《うなず》くと佐々山に駆け寄って言った。

「扇島だな！」

「ああ、急ごう！　やつがいつまでも瞳子を無傷でいさせるとは思えねぇ！」

汚れたコートの裾《すそ》を翻しながら駆け出す佐々山と狡噛の行く手を、霜村の怒号が阻む。

「待て！　勝手な行動は許さん！」

「ふざけんなよ！　ことは一刻を争うんだ！」

「藤間の確保は、我々二係が取り仕切る。一係は我々の補佐に回れ！」

「うるせーハゲ！」

「これは命令だ！　佐々山執行官！」

命令、という霜村の一喝に、場に緊張が走る。歯ぎしりする佐々山をよそに、霜村は指示を出す。

「二係は総員扇島へ向かえ！　一係はありったけのドローンを手配し扇島周辺の警備にあたれ！　ネズミ一匹島から出すな！」

霜村の号令で、二係の刑事たちは一斉に会議室から飛び出していった。途端にがらんとした会議室の中で、狡噛たち一係の面々はやるせない思いをたたえ立ち尽くす。

彼らに一瞥をくれて霜村は念を押す。

「おいわかったのか！」

しばしの沈黙のあと、宜野座が口を開く。

「了解しました。さっそく島の周辺警備の手配に取りかかります」

霜村はその返答に、満足げな笑みを浮かべ会議室をあとにした。

5

車の振動は、なぜか昔の記憶を蘇《よみがえ》らせる。きっとこの振動がいつか妹と行ったドライブ旅行を思い出させるからだろう。

扇島へ向かう護送車に揺られながら、佐々山はそんなことを考えていた。

広大な面積を有する扇島の周辺警備の手配は、想像以上に手間のかかる作業だった。周囲を囲むに十分なほどの警備用ドローンは公安局管理のものだけでは数が足りず、狡噛と宜野座は関係各所へドローンの貸し出し協力を要請しなければならなかった。その作業中一係は公安局に足止めを食らうことになる。全機が所定の場所に配備され狡噛たちが扇島へ向かう頃には、日はとっぷりと暮れていた。が、いまだに藤間を発見したという知らせは入ってこない。

はじめは二係の報告を受けるたび、彼らの扇島でのおぼつかない捜査に腹を立てていた佐々山だったが、時間が経つにつれ怒りよりも祈りに似た感情が彼を支配していった。

とにかく無事でいてほしい。

揺れる車内でじっと自分のつま先を見つめる。

予断を許さない状況のはずなのに、なぜか佐々山の内面は静まりかえっている。そしてその鏡面のような心に、妹との思い出がまるで写真のように、一つ、また一つと映し出されていった。

妹がカメラを始めたのは、二人で初めて計画したドライブ旅行がきっかけだった。滅多にないことだからと、扱えもしない一眼レフカメラをねだる彼女に根負けして、佐々山が貯《た》めた小遣いで買ってやったのだ。

結局、彼女はそのカメラを使いこなすことができなかった。彼女に言われるがままカメラを構えるうちに、佐々山の方が夢中になった。

日常を写真にして切り取ってしまえば、涙さえ意味ある作品になる。その感覚が息詰まる生活に飽き飽きしていた佐々山を酔わせた。

被写体は主に妹だった。

それ以外に撮りたいものなど、佐々山には思いつかなかった。

少女らしくくるくると表情を変える彼女を、少しでも多く写真に納めたかった。彼女が泣いていようが、怒っていようがかまわない。彼女がそこにいる瞬間を、とにかく切り取り、それに意味を持たせたいと思っていた。

護送車が大きく揺れて佐々山の思考を現在へと引き戻す。何をこんなときに……と自分の思考のとりとめのなさに戸惑う。しかし、瞳子の無事を願えば願うほど、その願いは妹の思い出とオーバーラップする。

妹の死の知らせを受けた日に、瞳子は佐々山の目の前に現れた。華奢《きゃしゃ》な体に似合わない、いかつい一眼レフカメラを持って。その表情を少女特有の軽やかさでもって、くるくると変えながら。

佐々山は運命論者ではない。そうではないが、この世に自分が生きながらえている意味の全てが虚《むな》しくかき消えた日に、瞳子が現れたのだ。その奇妙な符合は、佐々山に瞳子の存在を刻みつけるには十分だった。

どうしても、瞳子だけは傷つけたくない。瞳子だけは守りたい。

それがなんの罪滅ぼしにもならないことはわかっていたが、佐々山の思いは揺らがなかった。

再び車体の振動に身をゆだね、佐々山はつかの間の時間旅行にふけった。

佐々山の様子がおかしい。

扇島へ向かう監視官用公用車に揺られながら、狡噛は佐々山の様子に思い巡らせていた。最初は二係の報告にいちいち悪態をついていたのに、あるときからふっと黙って静かになったのだ。表情から何か読み取れないかと注視してみても、伏せがちにされた瞳からはなんの情報も読み取れなかった。

今頃佐々山は護送車の中で何を思っているのか。それを考えると、ほんの少し胸騒ぎがした。

助手席に座る宜野座が訝《いぶか》しげに言う。

「おい、大丈夫なのか佐々山は」

彼も狡噛と同様の胸騒ぎを感じているようだった。宜野座の問いに、確信の持てないまま「ああ……」とだけ返す。

「やつは何をしでかすかわからない。リードを離すなよ、狡噛」

6

扇島の外縁沿いの真っ黒な海に、無数の警備ドローンが放つパトランプが反射して、その様子はどこか祝祭を思わせる。扇島の大外を回ってメインゲートに車を着けると、民間の警備員が待ち構えていたように狡噛たちを取り囲んだ。

「突然の扇島包囲に、住民たちが混乱してます！」

「わけもわからず島を抜け出そうとする輩《やから》が多くて、我々のドローンでは対処しきれません」

警備員たちの訴えに狡噛は思わず舌打ちする。やはりこういった形での大規模全島閉鎖は場の混乱を無用にあおるだけで得策ではない。霜村の愚策が恨めしい。

そうしているそばから、島のそこここで浮浪者たちが湧き出してきて、配置されたドローンの小脇をすり抜けていく。「あっ」と狼狽《うろた》える民間警備員たちを尻目《しりめ》に、宜野座はドミネーターを取り出し浮浪者たちを撃ちぬいていく。そのあっけないまでの手際の良さに、警備員たちは「ほぉ」と感嘆の声を漏らした。

護送車の扉が開けられ、四匹の猟犬たちが解き放たれる。宜野座はその猟犬たちに向かって、ありったけの権威を振りまいて叫ぶ。

「各員所定の位置で警備に当たれ。ネズミ一匹この島から出すな！　逃げようとするやつはかまわずドミネーターで撃て！」

宜野座のテンションとは裏腹に、執行官たちは無言で頷くとさして急ぐ様子もなくとぼとぼと持ち場へ向かっていった。

その様子を見て狡噛は無理もない、と思う。愚策と知りながらもそれに従うのは面白くない。しかし、これが組織を維持するということなのだ。濁流は飲み込まなければ、自分が飲み込まれてしまう。狡噛もあと味の悪い覚悟を胸に、持ち場へ向かおうとした。そのとき。

「狡噛ぃ」と、佐々山の間抜けな声が狡噛を呼び止めた。

「武装許可してくれ」

佐々山はまるで親におやつをねだる程度のゆるい口調で、狡噛に武装の許可を申し出た。通常、監視官と執行官に許されている武装はドミネーターのみである。しかし特殊な状況においてのみ、スタンバトンと催涙スプレーの携帯が許される。佐々山はそれを求めているのだ。

「何故だ？」

聞き返しながらも狡噛はすでに緊急用装備収納システムの認証手続きを始めていた。ここまでの大規模警備は経験がない。佐々山の返答を聞くまでもなく、万一の備えが必要なことは分かっていた。案の定佐々山は、万が一～ドミネーターのバッテリが～とのたまっていた。狡噛は佐々山の言葉を聞き流しながら着々と認証手続きを続ける。

「狡噛慎也、監視官権限により佐々山光留執行官の武装を申請」

『声紋ならびにＩＤを認証・レベル２装備を認可します』

無機質な機械音声が答えると、公用車の後部貨物スペースからスタンバトンと催涙スプレーが引き出される。その様を見つめる狡噛の耳に、佐々山の信じがたい言葉が飛び込んできた。

「それに、これがあれば何かあってドミネーターが使えなくなっても、藤間をのせるしな」

ハッとして狡噛が顔を上げたときには、すでに佐々山はスタンバトンを手にしていた。慌てて佐々山の手をわし摑《づか》む。

「待て……！」

「離せ狡噛」

佐々山の声色は思いの外冷たく、そのことが彼の決意の固さを物語っていた。

「扇島に不慣れな二係の連中がどんだけ駆け回ったって藤間を見つけられるはずがねぇ。俺に行かせてくれ」

そういって狡噛の手を引き離そうとする佐々山の腕を、狡噛はさらに強い力でつかみ返す。

「馬鹿言うな！　俺たちの任務は島の周辺警備だ！　持ち場を離れることは許されない！」

「お前に付き合えとは言わねえよ。俺が一人で勝手に行くだけだ」

「だったらなおさらだ！　お前のやろうとしてることは反逆行為だぞ！」

「だったらなんだよ。黙って愚策に従うよりよっぽどましだね」

互いの力は均衡し、その腕の筋肉がぶるぶると震える。佐々山の目には獲物を仕留める猟犬《いぬ》のごとき輝きが宿り、その暴力的な発光が狡噛を射貫いていた。

今ここで佐々山を行かせるわけにはいかない、絶対にだ。

度重なる職務規定違反に、霜村への反抗。そして今、霜村の命令を無視し扇島へ侵入すれば、佐々山の処分は避けられない。それが何を意味するのか、佐々山が理解していないはずはないのに——

必死で築き上げてきた佐々山との関係性がこんなところで瓦解《がかい》するかもしれないという予感は、狡噛には到底受け入れられるものではなかった。狡噛は、恐怖にも似た焦燥感に駆られて叫ぶ。

「今ここで持ち場を離れれば、お前の刑事生命は終わるんだぞ……！」

「ここで何もしなかったら、俺自身が終わっちまうんだよ！」

佐々山の言葉に、ハッとするほど研ぎ澄まされたものを感じて胸を突かれる。だからこそ余計、彼を行かせてはいけないという思いが強くなる。この男は何もかもわかっている。わかったうえで、それでも行こうとしているのだ。何が彼をそこまで駆り立てるのか、混乱する狡噛の思考の奥で、いつか佐々山の自室で見た少女の写真がちらつく。

「だめだ……佐々山……」

狡噛の言葉はすでに命令ではなく、懇願だった。切実な狡噛の訴えに、佐々山は少し困ったように微笑むと、すぐにその表情を硬くし決意のこもった硬質な声でいう。

「行かせてくれ」

空中で二人の視線が邂逅《かいこう》したまま静止した。二人の主張に妥協点は存在しない。時間が許すなら、このまま延々と押し問答が続くだろう。しかし、時間はない。

「お前が行っても、妹が生き返るわけじゃないんだ……」

その言葉に佐々山の瞳《ひとみ》が揺らいで、狡噛の中に後悔が滲《にじ》む。目の前の頑強な男の芯《しん》に触れてしまった。自分の慎みない行為に、嫌気がさす。

「わかったよ……」

佐々山はぶっきらぼうにつぶやいた。その返答に狡噛が安堵《あんど》し腕の力をわずかに緩めたその瞬間、佐々山は狡噛の身体を強く引き寄せそのまま彼のみぞおちめがけ強烈な膝蹴《ひざげ》りを食らわせた。あまりの痛みに狡噛が腹を押さえ込むと、今度はスタンバトンで首元に一撃を与える。連続した急所への攻撃に、狡噛の意識が白濁する。そのまま地面へ倒れ込むと、視線の先に扇島内部へ向かって駆けていく佐々山の後ろ姿が見えた。

朦朧《もうろう》とする意識の中でホルスターをまさぐりドミネーターを取り出す。

『気に入らなければ俺を撃て。それがお前の仕事だ』

佐々山の言葉が歪《ゆが》んだリフレインとなって頭の中でこだまする。ドミネーターの照準を合わせると、指向性音声によってシビュラの神託が告げられる。

『犯罪係数・二八二。刑事課登録執行官・佐々山光留・任意執行対象です』

引き金にかけた指に力を込める。今まで何度もこなしてきた仕事だ。潜在犯たちを撃ち抜き、時には原形をとどめないほどに激しく破壊して処刑してきた。今更執行官一人パラライザーで打ち抜くぐらい、何を躊躇《ちゅうちょ》することがあろうか。

しかし、その引き金は狡噛が今まで引いてきたどの引き金よりも重かった。

潜在犯相手に当然のようにしてきた行為が、佐々山に対してどうしてもできない。

撃たれた人間の痛みを思う。そしてその人間が刹那《せつな》に向ける、自分への視線を思う。

狡噛は、自分が佐々山のその視線に射貫かれる瞬間を思った。思考の中で、佐々山の瞳に映る自分はひどく歪んで、醜く思えた。

佐々山の後ろ姿が遠く小さくなっていっても、狡噛は引き金を引くことができなかった。

狡噛は、ドミネーターで人を傷つけることの恐怖を、初めて知った。

「待て……！　佐々山ァ!!」

叫び声は虚《むな》しく霧散し、冬の澄んだ夜空に吸い込まれていく。

佐々山の姿が人混みに紛れ消えるのと同時に、狡噛の意識も闇に落ちた。

7

喧噪《けんそう》にわく扇島繁華街を、佐々山は人混みをかきわけながら進んでいた。

二係からの報告で、藤間は十年前の保護当時住んでいた場所にはすでにいないと言うことがわかっていた。となれば、捜索範囲は扇島ほぼ全域。途方もなさに不安が募ったが、希望もあった。

藤間の住居跡には、アルトロマージの血痕《けっこん》は残っていたが、瞳子の血痕はなかったのだ。瞳子はまだ生きている可能性がある。それを思えば、この藁山《わらやま》の中から針を探すような作業もやり遂げられる気がする。

両手で頬を強く叩《たた》き気合いを入れると、佐々山は扇島の深部へとその歩みを進めた。

拳《こぶし》を開いたり閉じたりしながら、末端にスタンバトンの衝撃によるしびれが残っていないことを確認すると、狡噛は顔を上げた。周りでは、宜野座、征陸、六合塚、内藤が心配そうに狡噛を覗《のぞ》き込んでいる。

「大丈夫ですか―？」

珍しく殊勝な顔をしている内藤に、「もう大丈夫だ」と微笑みかける。その笑顔に安心したのか、宜野座が堰《せき》を切ったように狡噛に詰め寄った。

「一体どういうことだ?! 誰にやられた！ 佐々山はどこにいる！」

口角泡を飛ばす宜野座を、征陸がたしなめる。

「おいおい、そう一気にまくしたてられたんじゃ、コウも答えられねぇよ。なあ？」

征陸に微笑みかけられたが、狡噛はそれに答えることなく押し黙った。

「狡噛さん？」

今度は六合塚が顔を覗き込む。

「佐々山は……」

四人が狡噛の次の言葉を待って、沈黙する。その沈黙に染み渡らせるように、狡噛はゆっくりと言葉を紡ぐ。

「藤間を追って行った」

宜野座が気色ばむ。

「なんだと?!　霜村本部長から補佐役に回れとあれほど釘《くぎ》を刺されただろう！」

「そういうの聞くタイプじゃないですからね―」

宜野座とは対照的に内藤はのうのうと答える。

「俺も止めたんだが……このザマだ」

「え、じゃあ狡噛さんは光留さんに……？」

六合塚の問いに無言で答えると、宜野座がさらに息を巻く。

「あいつ――監視官に手を上げたのか」

「そりゃあ……やっちまったなぁ……」

征陸のため息に、佐々山の未来予想がありありと浮かんで、場が重く沈黙した。

狡噛の言葉が沈黙を破る。

「俺が佐々山を連れ戻す。必ず連れて帰るから、この話はここで留めおいて欲しい」

「しかしこれは重篤な職務規定違反で」

「頼むよギノ」

そう言って狡噛は頭を垂れる。このところ佐々山のせいで頭を下げてばかりいる気がする。佐々山が戻ったら何発かお見舞いしないと気が済まない。

潜在犯にとってドミネーターは絶対的強者だ。強者による一方的な制裁は自分と佐々山の関係性においてフェアではない。しかし、素手で対等に殴り合えるなら、一度佐々山とは存分にやりあってみたい。そんなことを考えると、こんな状況だが、ほんの少し狡噛の胸が躍る。

ドミネーターよりも拳でやりあいたいなんて、以前の自分なら考えもしなかった。随分感化されたもんだ、と狡噛は頭を下げながら苦笑する。

狡噛の申し出にうろたえる宜野座をよそに、執行官たちはすぐに協力態勢に入る。

「わかったわ。電波中継ドローンのユーザーを一係に限定してみる。これなら私たちの会話がほかの係に漏れることはないはずよ」

「マップ情報、上書きしたやつ転送しますねー」

「まあ……佐々山連れ帰ってきたら酒だな」

狡噛の周りで執行官たちがかいがいしく動き回る。その様子についには、宜野座も首を縦に振った。周りの執行官たちに押し切られるような形をとってはいたが、本心では彼も佐々山がこのまま反逆の名の下に処分されることを良しとしてはいない。宜野座にとっても、佐々山は年の近い先輩として入局以来大きな存在だったのだから。

思いの外快く送り出されることに、狡噛は驚きつつも喜びを感じた。道理よりも無理が通ることもあるのだ。

『人間はいつだって理屈じゃなくて、心で動くんだから』

また佐々山の言葉が脳裏に浮かぶ。

佐々山が当たりをつけるなら、おそらく先日センバを探しさまよった製鉄所周辺。狡噛は宜野座たちの視線を背に、扇島へ踏み入った。


製鉄所周辺の地下道は、先日狡噛と訪れたときとはまた異なった様相を呈していた。というよりも全く違う道へ出てしまったらしい。この場所は、巨大な怪物の腹の中だ。佐々山は怪物の得体の知れない臓物の中を、さまよっていた。

すでにマップはあてにならず、自分が今いる場所は判然としない。指先は冷え切っているのに、掌《てのひら》は汗ばんでいる。

「焦るな……冷静になれよ、俺」

　両掌をこすり合わせて歯を食いしばる。ふと目に入ったデバイスに限定受信を示すアンテナ表示が灯《とも》った。誰だ？　まさか……。コールする人物の顔を浮かべたそのとき、着信を告げる電子音が鳴り響いた。

『佐々山！』

「やっぱり狡噛か……」

『現場は宜野座たちに任せて俺だけ抜けてきた。佐々山お前今どこにいる？　GPSは生きてるが地図が真っ黒で何もわからん』

　ついさっきまでともに行動していたのに、狡噛の声がものすごく懐かしいもののように感じられる。

「抜けてきたってお前……いいのかよ」

『お前に言われたくないね』

　こんな言い合いが妙に心を落ち着かせる。

『とにかく合流しよう。お前の好きなようにして良いから、一人で無茶はするな！』

　狡噛と出会ってから五年半と少し。杓子《しゃくし》定規でただただ良い子で内心少しつまらないと思っていた男が、ずいぶん融通が利くようになったもんだ。少しは俺の相棒らしくなってきたかな、と心の中で悪態ついて微笑む。

「わかった。ただ俺も今自分がどこにいるか……。こないだ菜園ジジィに教えてもらった路地から入ったのは確かなんだけど……」

そう言いながら薄暗い廃道の中をぐるぐると見回す。四方八方に道が延びていて口頭で説明できるような場所ではない。それでもなんとか目印になるようなものを見つけようと目をこらすと、暗がりの向こうで白く発光するものが見えた。艶《つや》やかな銀髪が、薄暗い中でも周囲の光を集め輝いている。

「マキシマ――!」

思わずその名を口にすると、彼方《かなた》でマキシマがこちらを振り向いたように見えた。

慌てて脇道に身を隠し、声を潜める。

『マキシマ?! なんだ?』

「悪いが説明はあとだ! これから俺はあいつを追う」

『ちょっと待て、どういうことだ!』

「あいつの行く先に必ず藤間がいるはずなんだ。たぶんあいつは標本事件の手引きを……」

脇道から顔だけ覗かせると、マキシマの姿はすでに遥《はる》か遠く、闇に溶けかかっていた。今やつを見失うわけにはいかない。ようやく見つけた瞳子へとつながる手がかりなのだ。

狡噛の制止も聞かず、佐々山は暗闇の中へ駆けだしていった。

「おい！　佐々山！　佐々山‼」

デバイスを見ると、佐々山のデバイスとのラインが切れていることを示すメッセージが表示されていた。

「くそ！　切りやがった」

足下の電波中継ドローンを睨《にら》みつけると、ドローンはその丸みを帯びた機体を右に傾げた。

「このポンコツ！」

狡噛が八つ当たりに蹴《け》り上げると、ぴー！　っという音を立てながらドローンは路上を滑り転がっていった。

マキシマ——佐々山の口から出た聞き慣れない名前。デバイスの向こうで、たしかに佐々山はそいつが藤間の犯行を手引きしていると言っていた。佐々山は何か、自分には知り得ない事件の情報を手にしていたのだろうか。

思案に足を止めている場合ではない。狡噛は地下道へと続く路地へと向かった。

8

佐々山は慎重にマキシマを追った。

あたりにすでに電灯はまばらで果てしない闇がその場を侵食していたが、マキシマは不思議なほど迷いなくその暗闇の中を歩いていく。佐々山は幾度となく蹴躓《けつまず》きながらも、暗闇の中で妙に目を惹《ひ》くマキシマの銀髪を頼りに歩みを進めた。

コートのポケットをまさぐると、スタンバトンの冷たい鉄の感触が指先に伝わってくる。これだけの犯罪を手引きしている人間だ、ドミネーターが即死刑の裁定を下す可能性もある。やつから藤間と瞳子の居場所を聞き出すためには、そう易々とドミネーターは使えない。この状況ではこの鉄の棒だけが頼りだ。汗ばむ手で握りしめる。

くぼみに足を取られてバランスを崩す。慌てて地面に手をつくと、ぐしゃりとしたぬかるみに触れた。

鼻先を潮の香りがなぜる。海水がしみ出してきているのだろうか。いったいどれほど深くまでやってきたのだろう。

急に自分の周りを満たす暗闇に恐怖を感じる。

自分のいる場所から現実感が薄れていって、まるで死の世界にでもいるかのような感覚にとらわれる。しかしこの現実感のなさが、自分が核心へと迫っていることを実感させた。

高鳴る鼓動を抑え込むように、佐々山は生唾《なまつば》をゴクリと飲み込む。

顔を上げると先ほどまで前方で揺らめいていたマキシマの銀色の後頭部が見えない。

見失った！　焦燥が背骨を駆け抜けて脳天を直撃する。慌てて上体を起こし暗闇の中を走ったが、すでにどこにもマキシマの姿はなかった。

「くそ！」

怒りにまかせて壁を蹴り上げたが、硬質な感触が足先をしびれさせただけだった。

焦るな、落ち着け……。いくらなんでもそう距離をあけられてはいないはずだ。落ち着いて周囲を探せばまたきっと何か手がかりがある。この先に藤間と瞳子がいることは間違いないのだから。

根気強く暗闇の中を歩く。この根気強さは刑事向きだと、執行官になりたての頃、征陸に言われたことを思い出す。

連続する緊張に身体がニコチンを求めている。すぐにでもタバコに火をつけその煙を肺いっぱいに満たしたい衝動にかられるが、相手に自分の存在を悟られる危険性を考えると我慢せざるを得ない。

こういう状況に身を置き続ければ喫煙習慣などすぐに断ち切れるかもしれないとい

う考えが浮かび、すぐに馬鹿馬鹿しいと頭を振る。こういう時までふざけられる自分の性格に感心する。

暗闇の中で佐々山の思考が弛緩《しかん》し始めたそのとき、前方に一筋の灯《あか》りが見えた。

通路の左手側に開け放たれた扉から暗闇に指す光。

佐々山は夜光虫のように、その光めがけて突き進んで行った。

瞳子の見たことや聞いたことは一六歳の少女が経験するにはあまりに異様で惨《むご》い。彼女の脳はその恐怖から逃れるため、思考活動の大半を停止させていた。好奇心赴くままにくるくると動き回っていた彼女の瞳はすでに何も映さず、ただの黒いガラス玉と化していた。

藤間は、微動だにせず新たな玉座に腰掛ける瞳子の長い髪を右手の指で梳《す》いた。なめらかな黒髪が指の付け根をくすぐるようにサラサラと流れていくのが心地好《よ》い。藤間はその感覚をじっくりと味わうため、瞳を閉じて右手に意識を集中させた。

「先生が生徒に手ぇつけちゃ、まずいんじゃねーか？」

突然の声に藤間が部屋の入り口に目を向けると、眉間《みけん》に深い皺《しわ》を寄せて佐々山が立っていた。血走った眼は藤間をジッと見据え、ダラリと下げた右手にはドミネーターがしっかりと握られている。

「あれ？　ばれちゃったんだ」

藤間は肩をすくめた。子どもがつまみ食いをたしなめられたとき程度の悪びれ方だ。

その様子に舌打ちすると、佐々山はドミネーターの銃口をまっすぐに藤間へ向ける。

「残念だが、てめーはもう終わりだ。俺が引き金を引けばてめーはうすぎたねぇ肉片まき散らしてこの世から消えんだよ。変態教師の汚名だけ残してな」

しかし――

『犯罪係数・アンダー五〇・執行対象ではありません・トリガーをロックします』

「……なっ⁉」

佐々山は狼狽《ろうばい》した。少なくとも藤間が瞳子を誘拐したことは事実なのだ。犯罪者に、ドミネーターが反応しないなんてことは、八年にわたる刑事人生の中で初めての経験だった。「こんなときに故障かよ！」と予想外の状況に戸惑いながら、心の中でひとりごちる。

そんな佐々山の胸中を知ってか、藤間は表情を変えず、その顔に悠然とした笑みを貼り付けたままだった。

「なに笑ってんだよ。変態センセー」

「残念だけどそのドミネーター、今はただの鉄の塊みたいだね」

藤間の指摘に佐々山の口元が歪《ゆが》む。自分を捕らえにきた人間を前にしてもなお揺るがない冷静さ。やはりこの男はただものではない。常軌を逸した犯罪行動。自分史上最大の獲物を前に、佐々山は興奮を隠せない。

「面白いね。こんな状況なのに、君は随分楽しそうに見える」

「そりゃな。俺は女好きが高じて潜在犯落ちした男だぜ？　女を泣かせる男を懲らしめるのが三度の飯より好きなんだっ！」

言いながら大きく振りかぶりドミネーターを藤間へ投げつける。鉄の塊はそれなりの威力でもって、藤間の顔面へ直撃した。

その隙をついて藤間への間合いをつめ、スタンバトンの柄でみぞおちを突く。

「知らなかったろ！　ドミネーターにはこういう使い方もあるんだよっ！」

今度は衝撃にうつむく藤間の脊椎《せきつい》にバトンを叩《たた》きつけ、さらに体側を強く蹴る。藤間は見事に体勢を崩しその体を横たえた。

佐々山は追撃の手を緩めない。そのまま馬乗りになり藤間を殴り続けた。藤間の皮膚が腫《は》れ上がり、裂け、肉と血が染み出しても、佐々山は拳《こぶし》を緩めることはない。自分の手が血に染まって行く感覚に佐々山の芯《しん》がじんと痺《しび》れ出す。

自分が肉団子製造マシーンになって行くような、無我の境地に溺《おぼ》れていく。

こんなことが過去何回かあった。

執行官になってから何度かと、そして、初めは自分の父親を殺そうと思ったとき。

父親が妹に性的暴行を働いている。それを知ったのは、レンズ越しに自分を見る妹の視線に、これまでと全く違った熱を感じたからだった。妹は切なげな表情でじっとこちらを見つめ、佐々山に触れられるのを待っていた。父親に触れられることから逃れるように、彼女は佐々山に触れられることを求めていた。

佐々山はうろたえた。

そして何より自分の中に、父親と同じ劣情が存在していることを嫌悪した。

このまま彼女と暮らしていたら、いつか越えてはいけない一線を越えてしまうかもしれない。

越えないという自信はなかった。

なにしろ佐々山は彼女のことをこの世の何よりも愛《いと》おしく思っていたのだから。

ある日、妹の部屋に忍んで行く父親を殴った。殴って、殴って、殴り続けた。自分の劣情も一緒に、叩き殺してしまうように。

泣きわめく妹の表情が脳裏に浮かんで、佐々山は顔を上げる。

瞳子は?!

藤間がすでに動かなくなっていることを確認し瞳子に駆け寄る。拘束を解き猿ぐつわを外し、自分のコートを羽織らせると同時に抱きしめる。胸元の固い感触に驚いて身を引くと、カメラがあった。郷愁と安堵《あんど》と喜びがない交ぜになって、佐々山の胸を駆け巡る。

「逃げるぞ瞳子‼　上に俺の仲間がいる‼」

しかし、瞳子は佐々山の呼びかけに答えることはなかった。

「おいっ！」

「彼女は行かないよ。彼女は僕とここでずっと暮らすんだから」

背後に爆《は》ぜるような衝撃が走って、佐々山は目をむく。

佐々山の背中には藤間愛用のボールペンが突き立てられていた。それは肋骨《ろっこつ》の間をすり抜けて、佐々山の肺にまで到達していた。

「がぁっっ‼」

痛みと喉元《のどもと》にわき上がってくる血液でむせる。その様子を悠然と見下ろしながら、藤間は刺さったボールペンを引き抜きくるりと回した。途端に傷口から血があふれ出し、佐々山の激しい呼吸に合わせて、ぶぅぶぅと空気の漏れる音がする。

苦しい。

佐々山は痛みには慣れていたが、この息苦しさは生まれて初めて感じるものだった。傷自体はたいしたものではないが、そこから進入してくる外気が肺を圧迫し、息を吸い込むことを困難にしている。しかし、佐々山にはそんなことよりも気にかかることがあった。

「瞳子に……何した……」

話すたびに肺が圧迫され、気管から滲《にじ》み出す血液が喉《のど》を詰まらせる。

「何も。ただ彼女は、僕のお姫様になることを選んだんだ」

「お姫様だぁ？」

「一人目のお姫様は、わるいまほうつかいののろいで死んでしまったからね。彼女は僕の新しいお姫様だ」

そう言った藤間の顔は醜く腫れ上がり、それでもなお微笑みを絶やそうとはしない。その様はいかにも異様で、意味不明な発言とも相まって佐々山に吐き気を催させる。

「うるせぇ……瞳子はおめぇのお姫様なんかじゃねぇよ……っ！」

酸欠で頭が割れるように痛い。が、かまわず藤間に飛びかかる。体格は佐々山の方がでかい。肉弾戦なら、佐々山に利があった。

「何が悪い魔法使いの呪いで死んだ、だ！　てめぇが殺したんだろうが！」

そう言って藤間を殴るが酸欠で痺れた拳では思うように力が入らない。

「てめえの勝手に、瞳子をまきこんでんじゃねぇ！」

もう一度殴る。殴るたびに、視界が暗くなっていく。暗い視界の先で、藤間の瞳がギラついている。

「違う。彼女は僕の新しいお姫様なんだ。妹とは作れなかった世界を、僕は彼女と作る」

藤間の「妹」と言う言葉に、佐々山の怒りが爆発する。藤間の頭髪をつかみ激しく壁へ叩きつけると、痛みにあえぎながら、藤間が叫ぶ。

「なんで……なんでみんな僕の世界を壊そうとするんだ!!」

「それはなぁ!」

藤間の後頭部を壁になすりつけたまま、佐々山は肺に残った全ての空気を吐き出して、叫んだ。

「大切なものを平気ですげかえられるようなヤツの世界なんて、ロクでもねえからだよ!!」

言い切ると、佐々山の視界はさらに明度を落とし、もはや執念だけで藤間を押さえつけていた。混濁しかけた意識の中で、妹のはにかんだような笑顔が浮かぶ。もう二度と触れることはできない笑顔。

妹の死の知らせを聞いたときから、ずっとわだかまっていたものに光が差した気がして、佐々山は高揚する。

喪失は喪失のままに、背負って生きていくのが残されたものの責務だ。それこそが逝《い》ってしまったものへの最大の愛情の示し方だ。後悔しても時は戻らない、ならば後悔したまま一生を生きよう。

生きられる。生きられる。俺はこれからもずっと、この後悔とともに、生きていられる。

視界はもはや暗転しかけていた。身体に力が入らない。今、藤間を離すわけにはいかないのに。

藤間は佐々山の身体を引きはがし瞳子へ駆け寄ると彼女を抱き起こす。

「ここはだめだ……もっと僕らにふさわしい場所を探そう」

「やめろ！　瞳子に触るな……！」

やっとの思いで叫ぶ。

「さあ、行こう」

「瞳子！　瞳子！　起きろこの馬鹿!!」

暗闇の中、手を引かれて歩いている。

寒いのに、その人の手だけは温かい。

誰？

お父さん？

手を引いてる人が叫んでる。

「瞳子！」

瞳子のガラス玉の目に、再び光が宿る。視線の先には、スーツを赤く染めた佐々山と、藤間。

「光留さん……？」

藤間を見た瞬間に、瞳子の中に恐怖が蘇《よみがえ》ってくる。

「いやぁぁぁぁぁぁぁぁ！」

叫びながら、藤間を押しのける。瞳子の爪が藤間の首元に食いこんだ。

「助けて！　助けて光留さんっっ‼」

一瞬のけぞった藤間の顔つきが見る見る冷たく冴《さ》え、首に突き立った瞳子の爪を引きはがすと、髪の毛を摑《つか》んで床に投げ捨てた。瞳子は衝撃に、「あう」と息を漏らしたが、すぐに佐々山のもとへ駆け寄っていった。

その様子を藤間は静かに見つめていた。

「なんだ……。もう、いらないや」

そう言うと、ポケットから黒くころりとしたものを二人の間に投げ込み、身を引く。佐々

突然目の前に転がり込んできた物体がなんなのか、佐々山は瞬時に理解した。

山は瞳子を力強く抱きしめる。その瞬間、佐々山の背後に閃光《せんこう》が広がる。そして炎と轟音《ごうおん》が、二人の体を取り巻いた。二人は爆風に吹き飛ばされ廊下へ転がり出ると、壁に打ち付けられた。

その様子を部屋の奥から藤間が見ている。

「なんだ……たいした威力じゃないじゃないか。聖護くんの嘘つき」

もうもうと立つ煙の中で、佐々山は目を開いた。傍らで瞳子がケホケホと咳《せ》き込んでいる。よかった……たいした傷はないようだ。

「瞳子……早く逃げろ……」

そう言ってみて、自分の声のあまりのか細さに驚く。

こんな声していたか俺は。もはや背中の感覚がない。ゆっくりと腰に手を回すと、何かの大きな破片が刺さっているのがわかった。

瞳子も佐々山の様子に驚いたのか、その大きな瞳にたっぷりと涙をたたえ、イヤイヤと首を振る。

「光留さんも早く行こう！」

「うん、まあ……おれはちょっと、今は無理だ……」

まさか、という予感が、佐々山の胸に鈍痛を伴いながら去来する。まさかとは思うが、死ぬのか俺は？　こんなところで、瞳子を残して。慌てて周囲に視線を走らせると、すでに瞳子に興味を失った藤間が、さらなる扇島の深部へ歩みを進めている姿が目に入った。少なくとも今は、藤間が瞳子に危害を加える気配はない。

安心するとどっと疲労感がこみ上げてきて強烈な眠気に襲われる。うつむいた瞳子の黒髪が鼻頭をなぜて心地よい。

「お前……いいニオイだな」

「馬鹿なこと言ってないで……」

瞳子の熱い涙が佐々山の頬に落ちて、心の芯《しん》まで染み渡るようだ。

「すぐ近くに、俺の仲間が来てるから。大丈夫。瞳子……お前がそいつ呼んできてくれよ。わかるだろ。お前と同じ黒髪の、狡噛って男だ」

「でも……」

かがんでいる瞳子の胸元に下がるカメラをそっと撫《な》でる。

「はやく……頼むよ。たまには大人のいうこと、聞くもんだ……」

佐々山の懇願に、瞳子は涙を拭《ふ》いて大きく頷《うなず》いて答えた。

「すぐ、呼んでくるから！」

すっくと立ち上がると佐々山の指さす方向に向かって走り出す。

闇に溶けていく瞳子のセーラーカラーの後ろ姿を見つめながら、今自分がカメラを持っていたら、絶対にこの瞬間を切り取るな、と思う。

大丈夫だ、あとは狡噛たちがなんとかしてくれる。

一連の二人のやりとりをしらけた表情で見届けると、藤間は再び闇の中へ歩き出した。

「どこいくんだよ……」

佐々山の問いかけにこともなげに答える。

「また、新しいお姫様を探さなきゃ」

「ふざけんなよ……変態センセー……」

佐々山は最後の気力を振り絞って、藤間に言葉を投げつける。

「ふはは……てめーに俺の……渾身《こんしん》の呪いをかけてやる……」

呪いという言葉に、藤間の背中がぴくりと揺れる。

「あんたはな……ずっと一人だ……お姫様なんか、見つかりやしねー……。一生、一人で生きてくんだよ……ざまーみろ……ハゲ……」

ゆっくりと振り向いた藤間の瞳は大きく見開かれ、その表情には喜びが浮かんでいた。

「そうか……。君も、わるいまほうつかいだったのか……。まだ全員倒しきってなかったんだ……。だからうまくいかなかったんだ……」

そう言うと、佐々山のもとへ歩み寄り、彼の首根っこをつかんで引きずり始めた。

「まだ完成してなかったんだ。僕と妹の世界はまだ……」

理解不能な言葉をつぶやく藤間を、佐々山は引きずられながら見上げていた。この男の思考を理解しようという気力は、もう佐々山には残っていなかった。

震える指で胸ポケットをまさぐりタバコを取り出し火をつけると、穴の開いた肺に、無理矢理煙を送り込んだ。

9

暗闇の中を、瞳子はがむしゃらに走った。革のローファーが汚水にまみれても、蹴《け》躓《つまず》いて膝頭《ひざがしら》に傷を作っても、かまわなかった。早く、佐々山のもとに助けを呼ばなくては。その思いが、痛みより、恐怖より勝っていた。

突然、何者かに腕をつかまれ瞳子は「あっ」と声をあげた。

振り向くと、白髭《しらひげ》をたくわえた丸い腹の老人が瞳子に向かって微笑んでいる。

「お嬢さん」

「あ、あの……私……」

老人の手を振り払おうとするが、老人の力は存外強く、瞳子は恐怖を感じた。

「お嬢さん、あなた何か恐ろしい体験でもしたのかね？　色相がずいぶん濁ってるようだが？」

まるで廃棄区画の暗闇と混じり合っているかのような、得体の知れない気配を老人は纏《まと》っていた。

「離してっ」

「良い薬があるんだよ。つらいことはみんな忘れられる」

そう言うと、老人は懐からペン型注射器を取り出し振りかぶった。

「扇島特製だから、間違いないっ」

叫ぶまもなく、瞳子の首筋に注射針が突き立てられた。暗転していく意識の中で、瞳子は白髭の老人の言葉を聞いた。

「寝た子を起こすな……。扇島は『秘密』たちの揺りかごだ。槙島くんはもう少しあの男の遊びに付き合うつもりらしい。彼には世話になっていてね。悪く思わんでくれ。おやすみ、お姫様」

最終章　名前のない怪物

1

公安局局長
禾生《かせい》　壌宗《じょうしゅう》　殿

公安局刑事課一係監視官
青柳　璃彩　　　　印

捜査報告書

二一一〇年一月一五日（水）に発生した、執行官佐々山光留殺害、死体損壊・遺棄事件（公安局広域重要指定事件１０２）につきまして、下記申し上げます。

記

事件発生日時：　二一一〇年一月一五日（水）　午前一〇時
捜査場所：　東京都内全域　神奈川県川崎市扇島
被疑者：　不明

捜査事項
1．発生の経緯
二一一〇年一月一五日（水）午前一〇時頃、新宿区新宿二丁目高橋ビル前歩道にて、公安局刑事課執行官佐々山光留の遺体が発見される。

これにより公安局では捜査本部を設け、本件の捜査を開始。

一連の衆院議員橋田良二殺害死体損壊遺棄事件／少女殺害死体損壊遺棄事件／準日本人アベーレ・アルトロマージ殺害死体損壊遺棄事件を、公安局広域重要指定事件１０２と定める。

2．事後の経緯
局長命令により被疑者不明のまま捜査本部を解散。

それに伴い本件の捜査は

そこまで書いてから、刑事課二係青柳監視官は目頭を押さえる。寝不足に目は充血し、思考は曖昧模糊《あいまいもこ》としている。

一連の事件の報告書を、もう何度書き直しただろうか。

『局長命令により被疑者不明のまま捜査本部を解散。それに伴い本件の捜査は』

この一文で、どうしてもタイピングする手が止まる。

『被疑者不明』

そんなはずはないのだ。

たしかに、藤間幸三郎はクロだった。第三の犠牲者アルトロマージの遺体が発見されたその日、捜査本部長の霜村に命じられ藤間の住居へ向かった青柳と神月は、そこで少量のプラスティネーション薬剤と、おそらく藤間が実験で使ったであろう、標本化された小動物の遺体数体を発見した。さらに、狡噛監視官と殉職した佐々山執行官の捜査によって明らかになった、被害者少女と藤間幸三郎の血縁関係。何もかもが、藤間がクロであることを物語っている。

自分がなぜこんな報告書を作成しなければならないのか、それを考えると目の奥が痛み、マスカラがとれることも気にせず青柳は激しく目をこすった。全てをぶちまけてしまいたい衝動が押し寄せてきて、マスカラのついた指先に歯を立てる。痛みの向こうに、藤間幸三郎の笑顔が浮かんだ。

青柳は、藤間を目撃していた。そして、捕らえたのだ。たしかに。

佐々山の遺体が発見された次の日。扇島の最深部で。同伴していた神月執行官と、ヤツを追い詰め、そしてドミネーターを向けた。

そのときのことを思い出し、青柳は身震いする。覗《のぞ》いてはいけない世界の深淵《しんえん》を、青柳と神月は覗いてしまったのだ。

深くため息をつきデリートキーを連打する。また一から書き直しだ。

早く仕事を終えなければ、今夜は霜村監視官の、昇進祝いの宴席が予定されている。

青柳は再び白紙になった報告書フォーマットに向き合った。

2

狡噛はソファーに深く腰を下ろし、ヤニで汚れたシーリングファンを見つめていた。

見渡せば至る所に、食い散らかした食べ物や、脱いだままの服、未整理の書類が散乱している。

「きたねーなぁ」とつぶやけば、

「うるせーなぁ」と返答が返ってきそうだ。

それほどまでにこの部屋には、まだ佐々山の存在が色濃く残っている。

佐々山の葬儀のあと、狡噛は彼の遺品整理の役目をかってでた。しかし、この部屋にもう何時間も、何日もいるというのに、いっこうに手がつかない。こうしてソファーに座ってまどろんでいれば、その扉から佐々山がひょっこり顔を出すような気がするからだ。

時刻はすでに、午前二時を回っていた。早く片付けなくては、明日《あす》はサイコ＝パスの定期検診なのだ。このところ疲労が溜《た》まっているからなるべく万全の体調で臨むように、と宜野座に釘《くぎ》を刺されている。

背もたれから身を起こし、ローテーブルに目をやると、佐々山が妹を撮った写真が何枚も何枚も散らばっている。

棺《ひつぎ》に入れてやるべきだった——と狡噛を後悔が襲う。いつもそうだ、自分はこういうところに気が回らない。いつも目の前のことにとらわれて……。

あのとき、佐々山を撃つべきだった。それなのに、瞬間の情に逡巡《しゅんじゅん》し、佐々山を一人で藤間のもとへ向かわせてしまった。監視官と執行官という関係性を逸脱した感情が、佐々山を死に至らしめた。

自分はいったい、佐々山との関係に何を見いだそうとしていたのだろう。

友情だろうか。

その甘ったるい思考のために、監視官ならば絶対に離してはいけないリードを離してしまった。それが、佐々山の命綱だと知っていたのに。

息を詰め、頭を掻《か》きむしる。もう何度も同じ思考を辿《たど》っている。そのたび心の底板が抜け落ちて、自分がどんどん暗いところへ落ちていく感覚にとらわれる。もう何もかも投げ捨てて、落ちるに任せてしまいたいという欲求が、余計に狡噛を苦しめた。

まだ自分にはやるべきことがあるはずだ、その思いだけで何とかその場に踏みとどまる。

とにかく、まずはこの部屋を片付けねばならない。佐々山の撮った写真の山を、せめて墓前に供えようと手を伸ばすと、その中に雰囲気を異にした一枚があることに気がついた。

人混みの中目を惹《ひ》く銀髪の男。彼の周りには乱暴に赤丸がひかれ、へたくそな字で「マキシマ」と書かれていた。

「マキシマ……」

狡噛が佐々山と最後に交わした言葉の中に、その名はあった。すぐに完璧《かんぺき》な形で脳内再生できる。それほどまでに、狡噛はこの会話を反芻《はんすう》していた。


『マキシマ?!　なんだ？』

「悪いが説明はあとだ！　これから俺はあいつを追う」

『ちょっと待て、どういうことだ！』

「あいつの行く先に必ず藤間がいるはずなんだ。たぶんあいつは標本事件の手引きを……」


先日、一連の標本事件は、被疑者不明で捜査打ち切りとなることが、局長から通達された。執行官に死亡者を出し、唯一の重要参考人である桐野瞳子も、薬物投与による脳機能損傷でコミュニケーション不可能ということでは、人手不足の公安局でこれ以上人員は割けないという判断だろう。間違いのない、組織の理論だ。

だが、この事件は何も終わっていない。

説明は後だと言った佐々山は、そのままこの世から消えていなくなってしまった。

「こいつが、『マキシマ』なのか？」

写真に記された赤く下手くそな文字を見つめながら問いかけたが、もちろんそれに答えるものはいない。狡噛は答えの主を捜すように、部屋の中で視線を泳がせる。主の痕跡《こんせき》が、次々視界に飛び込んでくる。その中で、シケモクの積み上げられた灰皿に狡噛は目をとめた。

刑事課の喫煙者が少なくて肩身が狭いと言っていた、彼の言葉を思い出す。

灰皿に積み上げられたシケモクの中から、比較的長くきれいなものをつまみ上げ、すぐそばにあったライターの炎を近づけた。なかなかタバコに火はつかなかったが、ようやくかすかな煙が上がると、狡噛はそれに口をつける。

苦い、あまりにも苦い味だ。それでも、狡噛は紫煙を無理矢理肺に満たす。

肺に入った煙は、狡噛の胸に絞り上げるような痛みを与える。

「こいつが、『マキシマ』なのか」

言葉と共に、紫煙は空間に放たれ、そして消えていった。

空っぽになった狡噛の胸の中で、何か、怪物めいた感情が蠢《うごめ》く。

その感情に「殺意」という名があることを、狡噛はまだ知らなかった。

文庫版書き下ろし　星の数と悲劇の数についての考察

19世紀末、産業革命に端を発する人口増加は、第二次世界大戦以降からその勢いを加速度的に増し、行き詰まりを見せていた「新自由主義経済」の崩壊に拍車をかけた。「持てるもの」と「持たざるもの」の格差は、つきることない憎悪の温床となり、「能力主義による自己責任論」というかりそめのお題目がその限界を迎えると、人々の心の奥底で蓄えられ複雑怪奇に発酵の進んだ憎悪は、いよいよ現実世界へと噴出した。疲弊しきった経済状況の中で統率能力を失っていた為政者達は、人々の荒れ狂う憎悪の前になすすべなく、世は「世界内戦」と呼ばれる「大紛争時代」へと突入する。

しかし、世界で唯一、この「大紛争時代」への突入を回避した国家がある。

極東に位置する島国、日本だ。

日本政府の作り出した「包括的生涯福祉支援システム＝シビュラシステム」は、有史以来人類が抱えてきた「限りある資源を過不足なく分配・運用する」という命題を、その高度な演算能力によりたやすく実現した。シビュラシステムによって管理された日本社会で暮らす限り、資源は常に過不足なく分配され、「飢えたるもの」は日本国内において、その存在を消失した。

クリームパンである。

薄紙に包まれその姿を秘してはいるが、愛らしい丸いフォルム、女性の掌《てのひら》にすっぽりと収まる程度の控えめなサイズ感、周囲に微《かす》かに漂う甘いクリームと酵母の香り、そして何より薄紙に印刷された華やかなピンク色の文字が、その存在を広く喧伝《けんでん》していた。

「マルドウのクリームパンじゃねぇか！」

厚生省公安局刑事課一係の刑事部屋に入るなり、佐々山光留は声を上げた。

彼に続いて刑事部屋に入ってきた狡噛慎也と宜野座伸元が、佐々山の背後から顔を覗《のぞ》かせる。佐々山の肩越しにきょとんとクリームパンを見下ろす狡噛と宜野座に、ティーカップを片手にした六合塚が声をかけた。

「おかえりなさい。どうでした首尾は」

狡噛は、マルドウのクリームパンに視線を残しながら背広を脱ぐと、大儀そうにオフィスチェアに腰をおろす。宜野座は、そんな狡噛の姿に一瞥《いちべつ》くれてから眼鏡を上げると、目頭を強く押さえ深いため息をついた。言葉はなくとも、二人のその様子が、六合塚の問いに答えている。

「あちゃー。またずいぶん絞られたみたいですねー」

オフィスチェアの上で体を大きくのけぞらせながら、内藤がいかにも若者らしい無責任さで声を上げる。

「べつに。たいしたことねぇよなぁ？」

頭を掻《か》きながらそういった佐々山を、若い監視官二人が睨《にら》みつけた。

「お前が言うな」

「誰のせいで俺たちが霜村さんに説教されたと思ってる。だいたいなぁ……」

先ほどまでこの監視官二人は、佐々山の日頃の放蕩《ほうとう》を、古参監視官である霜村に咎《とが》められていたのだった。霜村の前で頭を垂れ続けて小一時間。溜《た》めに溜めた鬱憤《うっぷん》をいまこそ晴らそうと宜野座がまくし立てると、佐々山は肩をすぼめ唇を尖《とが》らせながらひょいひょいと自分の席へ歩みを進めた。そのふざけた挙動に神経を逆なでされ、宜野座は思わず声を荒げる。

「おい聞いてるのか！」

「このクリームパンどうしたの？」

肩を震わせる宜野座にあえて背を向けて、佐々山は六合塚に聞く。

「二係の青柳監視官からの差し入れ。たまたま通りがかったら珍しく行列になってなかったって、買ってきてくれたの」

「うひょーさすが璃彩ちゃん、やっさしー！」

怒りのあまり酸欠気味になって口をぱくつかせる宜野座の肩に、狡噛の手が添えられる。宜野座を見つめる二つの黒い眼には諦念《ていねん》が宿り「これ以上取り合っても無駄にカロリーを消費するだけだ」と静かに語りかけてくる。

「クリームパン、いただこう」

ため息混じりの狡噛の言葉には、せめて甘味を食べることでこの世の憂さを一時でも晴らしたい、そんな切実な願いが込められているようで、宜野座のささくれだった心を萎《な》えさせた。

「これ、いただいていいんだろ？」

その場を仕切り直すように狡噛が居残っていた3人の執行官達に尋ねる。見れば各々のテーブルの上には、クリームパンを包んでいたであろう薄紙が丸めて置いてあり、みなが一通り差し入れを味わったことが窺《うかが》える。狡噛の問いかけは、当然彼らが快くクリームパンを勧めてくれるだろうとの前提にたって発せられたものだった。しかし、その前提はにわかに覆された。狡噛を注視する3人の執行官の表情が、微妙に曇る。

「いいですが……」

六合塚が言いよどむ。

「どうした？」

「クリームパン、あと一個しかありませんよ？」

狡噛は、自分のいる空間が物質世界を超越し、音も時もなく、縮んだり引き伸ばされたりするような感覚に襲われた。宇宙の彼方《かなた》に放り出されそうになる意識を必死で引き寄せ、周囲に視線を走らせる。たしかに、この空間にクリームパンは一つ。たった一つしか存在しなかった。

傍らに立つ宜野座の口元から、「なっ」という音が漏れるのを聞いたその刹那《せつな》、座っていた佐々山がやにわに立ち上がり上体をひねりながら、細くも十分に筋肉のついた腕をまっすぐにクリームパンめがけてのばす。狡噛は考えるよりも先にその腕をつかむと、全身全霊をかけて机の上に押さえつけた。

「いってててててて！　おいちょっと離せって！」

佐々山の腕を押さえつけたまま俯《うつむ》いた狡噛が、黙って首を振る。その狡噛の背後から長身の宜野座が冷たい瞳《ひとみ》で佐々山を見下ろしながら言う。

「佐々山……。それはない。それはない、佐々山」

その言葉は、まるで冷気を帯びたようにゆっくりと、刑事部屋の床に沈んでいく。それにあわせるように、佐々山の血の気もゆっくりと引いていった。

「人数分買ってこようかと思ったけど、売り切れちゃってたんですってー」

そういう内藤の口先に、乳白色のクリームがこびりついている。

「そうか、内藤。クリームパンはうまかったか？」

狡噛がなおも俯いたまま、問いかける。

「いやーまじはんぱないっすよー。マルドウのクリームパン。噂には聞いてたけど、まじやばいっすねー」

佐々山は自分の腕をつかむ狡噛の手が、さらなる力でもって握り込められるのを感じて息をのむ。

「や、冗談だよ冗談。な？　話し合おう？　話せばわかる、そうだろ？」

狡噛は顔を上げたが、いまだその手には力が込められていた。

「六合塚。そのクリームパンを持って、とりあえず俺たちから距離をとってくれ」

六合塚は、黙って狡噛に従った。そうしない理由はなかった。六合塚の掌にのせられたクリームパンが刑事部屋の壁際まで移動したのを確認して、狡噛は佐々山の腕を放した。佐々山が皺《しわ》のついた袖《そで》をさすりながら舌打ちすると、狡噛、宜野座、佐々山の間に、重い沈黙が横たわった。この3人のうち、誰がなにを口にしても、際限のない口論が繰り広げられるだけだという予感が、その沈黙をより重くしていった。

「まあ、仲良く三つに分けて食えよ」

いままで静観を決め込んでいた征陸が、ここぞとばかりに年長者の威厳を振りかざして言う。

「ん、まあ、そうだな……」

佐々山が、ばつが悪そうに頭を掻き掻きそう言うと、3人の間に張り詰めていた空気が若干弛緩《しかん》する。その隙を突くように、宜野座は短く息を吐いた。なんの障害もなくクリームパンを丸々腹に収めた3人の執行官達に多少思うところはあるものの、ここが引き時だろう、大人だし、そんな考えが宜野座の頭を巡る。ここで折れるのは征陸にやり込められたような感じがして不愉快だったが、何よりこんなことに人生の時間を浪費していいはずがないと、自分の冷静な部分が警鐘を鳴らしていた。宜野座は肩を落とし天を仰いでから、努めて冷静な声で六合塚に語りかけた。

「六合塚、そのクリームパン、うまいこと3等分にしてくれ」

六合塚が刑事部屋の隅で小さく頷《うなず》き、柔らかなその包みに手をかけたその時、

「ちょっと待て。その3等分とは、なにをもって3等分とするんだ」

狡噛の重低音の声が、刑事部屋の打ちっ放しの壁に冷たく響いた。

「狡噛？」

不意に投げかけられた問いに、宜野座は反射的に狡噛を見る。狡噛の黒い瞳は、まっすぐ虚空を見つめていた。

「クリームパンとはその名の通りパンの中心部の空洞にクリームを押し込んで作る菓子だが、俺の経験上そのクリームはパンの内部で必ず偏っている。外部からその偏りが確認できない以上、クリームの分量まで正確に分けることは不可能だ。外形上正確に3等分出来たとしても、この部分はクリームパン、この部分はただのパン、いやもはやザンパン、そういう悲劇が容易に想像できる」

とうとうと語り出した狡噛に、周囲がざわつく。

「狡噛さん……韻を……？」

遠慮がちに発せられた六合塚の言葉に答えることなく、狡噛はなおも語り続ける。

「もし仮にクリームの分量を正確に等分できたとしよう。だがそれを包むパンはどうだ？　パンが酵母という生命体の作用によって作られている以上、その質量も部分によって均一ではない。よってやはりクリームパンを正確に3等分することは不可能だ。そんな不確かな方法でこの問題が解決すると思うか？　いいや解決しない。いいか？　この世に存在する紛争の多くは、『分割不可能なものをあたかも分割可能であるかのように錯覚する』ことにその端を発している。土地はその面積によって分割できるか？　ではそこに住まう人々はどうだ。文化は？　伝統は分割できるか？　この世に存在する悲劇の多くは、分割不可能なものを分割してしまった、その歪《ゆが》みから生み出されているんだ。クリームパンを割ってしまったら、それはクリームパンなのか？

もはやただの、クリームとパンになってしまうんじゃないのか？　仲良く分けるという旗印の下に、クリームパンの概念を消失させてしまう行為が、果たして問題の根本解決にふさわしいと言えるのか？」

熱く拳《こぶし》を握りしめる狡噛を尻目《しりめ》に、内藤が征陸に耳打ちする。

「ちょっとー、あのインテリバカどうにかしてくださいよー」

「俺は！」

「まだしゃべるんすかー！」

「このクリームパンが、クリームパンとしてこの世に存在している以上、その存在を余すところなく味わいたいんだ！　だいたいなんで休憩中のお前達がクリームパンを食べられて、必死に職務にあたってきた俺や宜野座が食べられないんだ！」

「あ、やっぱそこひっかかってたんすねー」

「俺、クリームパン食わなかったらよかったな……」

征陸が苦笑しながらそう漏らした。もはや誰も狡噛を見なかった。皆、自分の視線を任意の場所に定め、狡噛の言葉の弾丸が切れるのを、ただひたすら待っていた。クリームパンは六合塚の掌《てのひら》で、ゆっくりと人肌に温められていった。六合塚は自分の掌の中にある愛らしい物体が、どんどんとその質量を増していくような錯覚に苦しめられた。

「わかったよ！」

弛緩しきった刑事部屋の空気を、一人の男が切り裂いた。

佐々山だ。

「狡噛！　ギノ先生！　出かけるぞ！」

そう言うと脱いだ背広を肩にかけ、大股《おおまた》で廊下へと続く扉へ向かう。

「まだ俺の話は終わってない！」

食い下がる狡噛の肩に手を置き、佐々山は大げさに頷いてみせる。

「狡噛、お前の気持ちはよーくわかった！　俺が悪かった！　俺が悪かったということでいいよな?!　な?!」

そういいながら狡噛の肩をばんばんと叩《たた》く。その衝撃に揺れる視界と、測りきれない佐々山の心情に混乱し、狡噛はようやく言葉の弾丸をこめるのをやめた。

「買いに行くぞ！　マルドゥウのクリームパン！　一〇個でも一〇〇個でも、俺がごちそうしてやるから！」

「「なっ！」」

若い監視官二人が、そろって素《す》っ頓狂《とんきょう》な声を上げる。

「俺にだって、後輩に菓子パンおごってやる程度の甲斐性《かいしょう》、あるんだぜ？」

得意げに口角を上げる。

「いや……、しかし……、いいのか？」

そう聞き返す宜野座は、一見控えめに振る舞ってはいたが、その頬が期待感に紅潮しているのを佐々山は見逃さなかった。つっけんどんなところはあるが、その実非常に正直なこの若者を、佐々山は素直に可愛いと思った。狡噛は――

狡噛は顔を真っ赤にしながら、口を開いたり閉じたりしていた。その額にはうっすら汗が滲《にじ》んでいる。おそらく、突如として自分の願望が叶《かな》ってしまったことにより、急激に冷静さを取り戻した思考が、それまでの自分の行動を非難しだしたのだろう。

「あるある」佐々山は心の中で独りごちた。こういう経験を経て、人は大人になってゆくのだ。その一端を担えたというのは、人生の先輩として誇らしい。

「ほれ！　ぼーっとしてないでさっさと行こうぜ」

颯爽《さっそう》と歩き出す佐々山の背中を、狡噛と宜野座が慌てて追いかける。その3人に六合塚が声をかける。

「ねぇっ、このクリームパンは……」

「唐之杜にでもやってくれよ！」

佐々山は、軽やかに振り返ってそういうと、ウィンクを飛ばした。それにつられるようにして若者二人も振り返り、爽《さわ》やかな笑顔を向ける。遠く、長い廊下のその先で、3人の足音が小さくなりついには消えると、刑事部屋に静寂が訪れた。

「なんだったんすかねー」

内藤がぽかんと口を開けて言ったが、その問いに答えるものはいなかった。

「ほら、そのクリームパン、悪くなっちまわないうちに、唐之杜んとこもってってやれよ」

「はぁ」

そう言った征陸の胃が若干もたれていたのは、おそらくクリームパンのせいではないだろう。掌の上ですっかり暖まってしまったクリームパンを見つめながら、六合塚がつぶやいた。

「いまから買いに行っても、クリームパン、売り切れてるのよね……」


シビュラシステム管理下において、人類は飢えを克服した。はずだった。しかし、個人レベルでの確執はいまだ歴然と存在している。その点において、シビュラは未《いま》だ発展途上なシステムといえる。

シビュラの恩恵が真の意味で個々人に満遍なくもたらされたとき、人類は新たなフェーズへと歩みを進めるのだ。

その日は遠からずやってくるだろう。

おわり

本書は、二〇一三年四月、マッグガーデンより刊行された『PSYCHO-PASS
サイコパス/ゼロ　名前のない怪物』を加筆・修正したものです。

PSYCHO《サイコ》-PASS《パス》 サイコパス/0《ゼロ》

名前《なまえ》のない怪物《かいぶつ》

高羽《たかは》 彩《あや》

平成26年 9月25日 初版発行
令和6年 6月15日 20版発行

発行者●山下直久

発行●株式会社KADOKAWA
〒102-8177 東京都千代田区富士見2-13-3
電話 0570-002-301(ナビダイヤル)

角川文庫 18776

印刷所●株式会社KADOKAWA
製本所●株式会社KADOKAWA

表紙画●和田三造

◎本書の無断複製（コピー、スキャン、デジタル化等）並びに無断複製物の譲渡および配信は、著作権法上での例外を除き禁じられています。また、本書を代行業者等の第三者に依頼して複製する行為は、たとえ個人や家庭内での利用であっても一切認められておりません。
◎定価はカバーに表示してあります。

●お問い合わせ
https://www.kadokawa.co.jp/（「お問い合わせ」へお進みください）
※内容によっては、お答えできない場合があります。
※サポートは日本国内のみとさせていただきます。
※Japanese text only

©Aya Takaha 2013, 2014 ©サイコパス製作委員会 ©Nitroplus Printed in Japan
ISBN978-4-04-102037-1 C0193

◆◇◇

角川文庫発刊に際して

角川源義

第二次世界大戦の敗北は、軍事力の敗北であった以上に、私たちの若い文化力の敗退であった。私たちの文化が戦争に対して如何に無力であり、単なるあだ花に過ぎなかったかを、私たちは身を以て体験し痛感した。西洋近代文化の摂取にとって、明治以後八十年の歳月は決して短かすぎたとは言えない。にもかかわらず、近代文化の伝統を確立し、自由な批判と柔軟な良識に富む文化層として自らを形成することに私たちは失敗して来た。そしてこれは、各層への文化の普及滲透を任務とする出版人の責任でもあった。

一九四五年以来、私たちは再び振出しに戻り、第一歩から踏み出すことを余儀なくされた。これは大きな不幸ではあるが、反面、これまでの混沌・未熟・歪曲の中にあった我が国の文化に秩序と確たる基礎を齎らすためには絶好の機会でもある。角川書店は、このような祖国の文化的危機にあたり、微力をも顧みず再建の礎石たるべき抱負と決意とをもって出発したが、ここに創立以来の念願を果すべく角川文庫を発刊する。これまで刊行されたあらゆる全集叢書文庫類の長所と短所とを検討し、古今東西の不朽の典籍を、良心的編集のもとに、廉価に、そして書架にふさわしい美本として、多くのひとびとに提供しようとする。しかし私たちは徒らに百科全書的な知識のジレッタントを作ることを目的とせず、あくまで祖国の文化に秩序と再建への道を示し、この文庫を角川書店の栄ある事業として、今後永久に継続発展せしめ、学芸と教養との殿堂として大成せんことを期したい。多くの読書子の愛情ある忠言と支持とによって、この希望と抱負とを完遂せしめられんことを願う。

一九四九年五月三日